佐槻奏多
Kanata Satsuki
ill. 紫 真依
Mai Murasaki
2
悪役令嬢（予定）らしいけど、
私はお菓子が食べたい
ブロックスキルで
穏やかな人生
目指します

湖面のような色の上着も、
ラース様はとても素敵に着こなしている。
私のドレスに合わせて選んだのだろう。
縁取りの細かな蔦模様を描くのは、白と銀の糸。
そこにはダイヤの欠片がちりばめられて、
ただでさえ存在がまばゆいラース様を、
きらきらしく見せていた。
聖花菓子によって『ブロックスキル』を手に入れた令嬢
リネア

ラース付きの
寡黙な騎士
アシェル
聖花菓子の研究を
続ける公爵家当主
ラース

「ブロック!」
私は氷の息が触れないように
スキルを発動する。そうしながら、
蛇に向かって進み出た。
おかげで私を中心とした
半径五メートルくらいだけが、
土の色が残っていて、周囲は
水晶のような氷が突き立つ、
幻想的な風景に変わっていた。

悪役令嬢（予定）らしいけど、私はお菓子が食べたい

ブロックスキルで穏やかな人生目指します

2

佐槻奏多
Kanata Satsuki

ill. 紫 真依
Mai Murasaki

Contents

序章　とある公爵家の従者の話　003
一章　新しい家族と対面します　006
閑話1　087
二章　お茶会と新しい交流と　094
閑話2　119
三章　王宮のパーティーは緊張の連続です　134
閑話3　185
四章　誘拐事件で明かされる真実　202
五章　終わりに明かされたものは　263

It seems to be a villain (planned), but I want to eat sweets.

I want to get a gentle life with block skills.

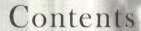

序章　とある公爵家の従者の話

「お嬢様、まだ機嫌が悪いの？」

灰色のお仕着せを着た召使いの少女に尋ねられ、うなずいたのは、金髪で緑の上着を着た従者レイルズだ。

繊細そうな容姿の美形の彼は、紅《あか》の絨毯《じゅうたん》が敷かれた白壁の屋敷の中という光景が、よく似合う。

召使いの少女は、内心では彼に見惚《みと》れていた。

恐ろしくて、外には絶対出さないけれど。

彼らの家のお嬢様は、美形の男を見かけると、それが他家の使用人でも自分の従者にしてしまい、侍《はべ》らせて楽しむ悪癖がある。

しかも従者が誰かと恋なんてしようものなら、恋をした相手は鞭《むち》で打たれて解雇されてしまうのだ。

「最近は特に機嫌が直らないね。気に食わない令嬢が、幸せにしているのが嫌なんだろうけれど」

彼らの主人であるオーグレン公爵令嬢エレナは、とにかく気難しい。

そして誰よりも自分が優先され、上でなければ気が済まないので、誰かが自分の欲しいものを持っていたり、幸せだったりすると途端に不機嫌になるのだ。

「ほら手紙よ。バレないうちに仕舞って、燃やした方がいいわ」

「ありがとう」

召使いが小さく折りたたんだ紙を差し出す。

レイルズはそれを受け取って、すぐにポケットへ入れる。その時に握りこんでぐしゃぐしゃにすることを忘れない。

こうしておけば、何かを持っていることを指摘されても、ゴミだと言い訳がしやすいのだ。一度これで命拾いしている。

オーグレン公爵令嬢エレナの機嫌を損ねたら、自分もそうだが、かつての主《あるじ》がひどい目に遭わされる。用心に用心を重ねるのは大切だ。

そんな危険を冒しながらも、レイルズは手紙を受け取ることを止《や》められない。止めるように元の主に言うこともできない。

これだけが、心がからからになりそうな生活の中で、唯一の救いだから。

急いで自分の部屋に戻り、紙切れ一枚の手紙を読む。

しわだらけになった紙を広げると、懐かしい優しい主の文字が並んでいた。

《レイルズ、お元気でしょうか。いつもあなたのことを案じています。ようやくお父様が、領地の山の権利を買い戻すことができました。もう少しであなたを頼りにする生活が終わります。あなたの今後のことですが、一度あなたの故郷の別荘へ行ってもらい、それから領主館に勤めてもらおうと思っています。それまでどうか待っていてください》

署名がなくても、これがかつての主人マール伯爵家令嬢ユニスの手紙であることは間違いない。

レイルズはユニスの家が援助を必要としていたその時に、エレナが目を付け、引き抜かれた。

エレナはいつも強引な方法で従者を引き抜くのだが、その時はマール伯爵の借金の証文をエレナが勝手に買取り、その代償にレイルズを要求したのだ。

ユニスは泣く泣く父の従者だったレイルズを渡すしかなかった。拒否をしたら、後日、その従者の死体が川に浮く。挙句に伯爵家も、立ち行かなくされてしまうだろう。

レイルズは、生き延びるためにエレナに従うふりをし続けていた。

けれどその我慢ももうすぐ終わるのだ。

ほっとしつつ、今のエレナの標的になっている令嬢のことを思い出す。

「きっとひどい目にあうんだろうな」

いつだってそうだった。

わかっていても、レイルズは自分と仕えていた家の優しい主人達《たち》を守るために、うかつなことなどできない。

ただこんな迷惑なことが、もう二度と繰り返されなくなるよう、神に祈ることしかできなかった。

一章　新しい家族と対面します

It seems to be a villain, but I want to eat sweets.

教室を出たら、そこは庭へ素通しになった回廊だ。

柔らかな暖かさをはらんだ風が心地よくて、私は目を細めてしまう。

「ずいぶん暖かくなりましたわね、リネア様」

そう話しかけてくれるのは、先ほどまで一緒に授業を受けていた新しいお友達、ブレンダ嬢だ。

金茶の髪をシニヨンにして髪飾りをつけた彼女は、スヴァルド公爵家の縁戚、オリアン伯爵家の令嬢。

私を庇護《ひご》してくれているスヴァルド公爵ラース様が推薦し、私のお友達になってくれるように依頼した人物だ。

そうまでしなくては、私にお友達ができないのは、私にはどうしようもない問題が絡んでいたせいだ。

なにせ私の実父は、悪辣な金貸し業をしているエルヴァスティ伯爵。

金を貸した相手は必ず没落するとか、諍《いさか》い事があると暗殺されると噂《うわさ》されている。さらに容赦なく取り立てをするので、血の色が緑なのではとまで言われていた。

外へ出ると、そんな実父とひとまとめに考える人達《たち》によって、私も悪女のように思われていたので友達すらできなかった。

でも家では、実父には実の娘とは思えない冷たい態度をとられていた。衣食住が足りているだけまし、でも精神的にはかなり悲惨な人生を歩んでいた。

伯爵令嬢なのに。

これで私も、人を操ることに喜びを見出《みいだ》すような性格だったらもう少し違うのだろう。悪い噂を聞いて、取り入ろうとしてくる人はいくらかいたので、徒党を組む気持ちがあれば、上辺の優しさを見せてくれる人も得られたかもしれない。

けど、亡きお母様の性質を受け継いだのか、乳母がまともな人だったせいか、父の影響力を使って威張るとか、そういうことが全くできなかった。

しかし大人しくしていたからといって、世間が私に優しくしてくれるわけもなく。

むしろ父への恐怖感や嫌悪感をぶつける対象になってしまった。

私を嫌う人ばかりの学院へ通うのも、本当に嫌だったのだけど、ある日を境に状況が変わっていった。

本当にお菓子ってすごい。

いえ、聖花と言うべきか。

誕生日プレゼントにもらった聖花菓子のおかげで、私の人生は変わっていった。

聖花と呼ばれる不思議な花を使った菓子を食べたら、なぜかスキルが芽生えたのだ。

その聖花とは、大地から栄養を吸い上げて生長する植物ではなく、魔法のように現れる花。たいていが、ガラス細工のように硬質で透明感があり、美しくきらめいている。魔術士達が魔法を使う媒介として主に利用されているけれど、お菓子に使うと、元の花の形を勝手に再現するので、とても美しく、そして華やかな菓子が作れるのだ。

魔法の媒介になるのだから、スキルが生えるというおかしな現象が起きても、仕方ないかなと思う。

そして私に芽生えた、音でも物でも遮断できてしまうこのブロックスキルは、未来を拓《ひら》く勇気を与えてくれた。

――ブロックスキルがあれば、家を出て一人で生きていけるかもしれない。

その背中を押したのが、聖花菓子の影響で見た未来についての夢だ。

いずれこのレクサンドル王国は、隣国リオグラードに侵略される。その手引きをしたのが実父エルヴァスティ伯爵で、私は協力したのだろうと決めつけられて投獄されるのだ。

しかも一連の出来事が、それより前に流行《はや》った劇と同じらしく、劇の中に登場する悪役令嬢のようだと言われ、石を投げられる。

――幸せってなんだったかしら、と思うような生活の結末がそれでは、さすがに浮かばれない。

私はなんとかあがこうとした。

その過程で、聖花のおかげでスヴァルド公爵ラース様とお友達になり、その騎士であるアシェル様とも交流し、家を脱出することもできたのだ。

そして今は、スキルの力を使って自分が呪われたとでっちあげ、実家を出て、ラース様の館に居候させてもらっている。

あまつさえラース様の協力を得て、別の貴族家の養女にまでなったのだ。

本当にお菓子のおかげ。もっと沢山食べたらもっと幸せになれるかしら？　なんて思ってしまうくらい。

ただでさえラース様の館にいるから、ほぼ毎日のようにお菓子を食べているのだ。きっと私の幸運も大きくなってきているのではないかしら。

「そういえば、今日のお菓子は何かしら」

「本当にお菓子がお好きなのですね」

ブレンダ嬢にクスクスと笑われて、私はとっさに違うとも言えず、苦笑いする。

お菓子は好きだ。だけどこれでは食いしん坊だと思われないかしら？

そんな私達の様子を、同じ教室から出て来た人々が、不審そうに見ている。

「なぜレーディン伯爵家が、あんな女を養女にしたのかしら」

「神殿と繋《つな》がりがあるなら、エルヴァスティ伯爵家は倦厭《けんえん》しているでしょうに。神官がいる家も、潰されたことがあるでしょう？」

不思議がる声が聞こえる。

まだ私が、新たにレーディン伯爵家の養女になったことを信じられないみたい。

同じような事を聞かされるのもそろそろ飽きてきたので、私はスキルで聞こえないようにする。

（あそこにいる三人の声が聞こえないように）

そう念じるだけで、スキルが発動する。

彼女達が話し続けているのは、口元が動いてるのでわかるのだけど、声は全く聞こえなくなった。

はーすっきり。

本当なら反論したいところだけど、内情を全て話すこともできない。

それに今喧嘩《けんか》するのは得策ではないから。

学院へ復学したのは、仲間を増やすためだから。

私の最終目標は、戦争を止める方法を見出すか、もしくは証拠を揃《そろ》えて自分の実父を告発すること。

実父であるエルヴァスティ伯爵が、他国の軍を引き入れるにしても、何かしら他国と手紙などをやり取りしているはず。そういった証拠を押さえて、告発するのだ。

私は自分が告発すれば、自分が実父の仲間ではないと証明できると考えていたのだけど、世間はそう甘くないらしい。

嫌われ者のままでは、私が自分一人逃れようと思って、実父を差し出したと疑う人間が現れやすい。だからねつ造されたりして陥れられないように、私の言葉を信じてくれる仲間が必要なのだ。

エルヴァスティ伯爵家とは違う家の養女に入ったのも、そのためである。

ただ、まだ養父母とは会っていない。

私を後見してくれるカルヴァ大神官補佐が、一緒に行くことになっているのだけど、カルヴァ様の予定と先方の予定が合わなかったのだ。

一方で早く復学することを優先したので、レーディン伯爵令嬢と言いつつ、まだ対面もしていないという、ちょっとおかしな順序になってしまった。

ちなみにレーディン伯爵一家と会うのは、今日、学院を出た後になる。

「それにしても、礼儀作法も完璧ですね、リネア様は。高名な家庭教師に習っても、なかなかこうはいきませんわ」

ブレンダ嬢にそう言われて、私の方が戸惑ってしまう。

「ブレンダ様こそ、とてもスッキリとした立ち居振る舞いで、見習いたいと思っております。それより、私の方に何か不手際はなかったでしょうか。おかしなところがあったら言ってくださいね。自分では上手《うま》く気づけないのです」

なにせ教師や割り当てられて仕方なく組になった相手以外とのやりとりというのを、したことがないのだ。

友人らしい振る舞いには、程遠いように思うので、上手く意思疎通できた自信がない。何度かブレンダ嬢を戸惑わせたみたいだし。

「そこまで硬くならなくていいですよ」とか。

「もう少し肩の力を抜いて大丈夫ですよ」とか言われたので。

私は女性の友達……のような関係の人との会話というのが、正直よくわからなかったから。一般的な、顔だけ知っている相手への対応を続けていたけれど、それでよかったのかしら？

するとブレンダ嬢は目を見開き、数秒してふふっと笑う。

「ああ本当に、話してみないとわからないものですわね。こんなに相手のことを気にする人で、純粋そうだなんて」

そう言われたものの、何か全く見当がつかない言葉が入っている。

純粋？

一般的な上辺の対応をしただけのつもりだったのだけど……。

内心首をかしげつつも、何もわからないという顔をするのも対外的によろしくないだろうと、私は微笑《ほほえ》んで誤魔化すことにした。

令嬢は微笑みが命。これで全てを誤魔化せと教えてくれた家庭教師には、今でも感謝している。

だいたいこれで何とかなるのだから。

……たまに、悪だくみをしている顔だと誤解されるけど。

「ちょっと戸惑っていらっしゃいますね？」

ドキ。見透かされてしまった。

「褒め言葉になれていらっしゃらないのでしょう？　というか、お世辞だと思っておられませんか？」

実はそう思っています。

「あの、私の所作が褒められたことがないので……」

褒めてくれたのは、家庭教師の先生だけです。たいてい、歩き方が変だとかささやかれて、クスクス笑いまでついてくるので、とても信じられません。

が、ブレンダ嬢の意見は違ったらしい。

「表立っては言えずにいた方も多いのですけれど、リネア様の姿勢の良さや、礼儀作法の美しさは注目している方も多かったんですよ」

「え……」

目を丸くする私に、ブレンダ嬢は笑う。

「名前を伏せてですが、王妃様よりも優雅だと言っている方もいました。私も何度か、リネア様を見て自分で真似《まね》をしたりしていたんですよ」

ブレンダ嬢が、私を真似していた？

さらに彼女は、こそこそと耳打ちしてきた。

「ラース様からお友達として見守ってほしいと依頼を受けましたけれど、もちろん私が嫌だと思ったら断ってもいいと言われていました」

ラース様はそんな風に、ブレンダ嬢に私のお友達になることを依頼していたらしい。

「でも、お近づきになってみたいと思っていましたし、ラース様があんまりリネア様のことをほめるのが、なんだかおもしろくて、つい引き受けてしまったのですわ」

「私と……？」

近づきたいと思っていた？　ラース様から依頼されて、仕方なく受けたわけではなかったの？

「嫌なことって続かないものですよ。よほど『誓約』みたいな方法で相手に誓わせない限り、気持ちを押し殺して誰かのために動くわけもないんです」

さっと私から離れたブレンダ嬢は「ね？」と首をかしげてみせる。

――誓約とは、まだ世界に魔法が普遍的にあった時代に行われていたもの。

魔法の名残は、まだこの大気に含まれていて、それが聖花になったりするのだと、まことしやかにささやかれている。この誓約は魔法の力を使うもので、魔術士が使う魔法ように、才能は必要ないらしい。

だから誓約を破ると、不可思議なことが起きると言われていた。例えば突然の落雷による死とか、理由なく体が発火するとか。

そんな言い伝えを、貴族達はみんな信じている。

だからとても重要なことを他者や親族に教える前にだけ、ひそかに行われるのだ。

貴族達はその時のためだけに、誓約の仕方を代々伝えている。

彼女の軽やかな様子や明るい表情。そこからは、誓約なんて重たい背景は感じない。

それなら、本当にブレンダ嬢は私のことを嫌ってはいなかったのだろう。そう信じることにした。

「この後はご予定があると聞きました。私も早々に帰る予定ですので、一緒にエントランスまで参りましょうね」

「はい」

ブレンダ嬢が話題を変えたので、私はうなずく。

私に友人ができたことを喧伝《けんでん》するためにも、なるべく一緒に行動する必要があるんだろうけれど、こうして誰かと一緒に廊下を歩くのは、少し楽しい。

「きっとお金で買ったのよ」

けれど歩いていると、そんな言葉が聞こえた。

さっき、噂話をしている人をブロックしたのに……と思ったら、別の人物だった。

白金の髪をくるくると巻いたオーグレン公爵令嬢達だ。

オーグレン公爵令嬢は、私の元婚約者アルベルト・ヘルクヴィスト伯爵子息のことが好きだったから、婚約者の私を嫌っている。

「婚約者をお金で買った人ですもの。友人も、友人を得るために家名を変えるようなわがままも、全てお金で解決したのでしょうね。父親は相当あの娘に甘いんじゃなくて？」

私の足が止まった。

頭の中が真っ白になった後で、めらめらと燃える気持ちが沸き上がる。

買う買わないという単語は別にいい。今までもさんざん言われて来たし、慣れてしまっていた。

けれど父親が娘に甘いだなんて言葉は、どうしても無視できなかった。

(本当に娘に甘い父親というのは)

「本当に娘に甘い父親というのは、令嬢だというのに侍女ではなく、見目麗しい従者をいつも足元に侍《はべ》らすのを許可するとか、従者に加えたい人間を見つけて強請《ねだ》る娘のために、他所《よそ》の家に圧力をかけてでも願いを叶《かな》えてやるような親のことを言うのではないかしらね」

つい思いが口を突いて出てしまう。

ただしオーグレン公爵令嬢に向かっては言わない。あくまで話す相手は、ブレンダ嬢だ。

そのままもう一度足を動かして立ち去ろうとする。

ブレンダ嬢は少しあっけにとられた表情をしていたが、口の端を上げたので、不愉快ではなかったようだ。

「そういうお家もございますね。もっとすごいお話も耳にしたことがありますが」

しかも話を続けてくれる。

なので自然な会話の流れのように、私はブレンダ嬢に尋ねた。

「どんなお話ですか？　もし秘密ではないなら、教えていただけると嬉《うれ》しいです」

「従者に色目を使った召使いを鞭《むち》打ちにして、冬の空の下へ放り出した……ぐらいではよくある話かもしれませんね。家庭教師が従者と仲が良かったことに嫉妬して、身ぐるみはいで森に捨てたというお話もありますわ」

ブレンダ嬢の話に、私はドン引きした。

エレナ嬢、本当にそんなひどいことをしているの？　しかもそれはなんだか、先日読んだ救国の乙女の話の、悪役みたいな行動では。

「何て怖い……」

つぶやいた私の背中に視線が突き刺さる……。

気になってちらりと見れば、オーグレン公爵令嬢が憎々し気な恐ろしい表情で私を見ていた。

でも彼女は何も言えまい。

私に突っかかれば、今の話題が自分のことだと認めることになるから。

そして取り巻きの数名が、そんなオーグレン公爵令嬢から視線をそらしていた。おそらく従者を取り上げられたりした経験があるのだろう。それだけで、彼女達も一枚岩ではないのだなと察せられる。

「内部から瓦解することはあるんでしょうか……」

ぽそりとつぶやけば、ブレンダ嬢も小声で返してくれる。

「お父上の権力の問題がありますから、そう簡単には。敵を射るためには、まず壁となっている者を排除しなければならないでしょう」

でも、とブレンダ嬢は微笑んだ。

「それが必要とあれば、ラース様がすでに考えてくださっているでしょう」

なるほど、と私はうなずく。

同時にブレンダ嬢のラース様への信頼がうかがえて……。

(そんな人に手を貸してもらえているんだ、私)

そう思うと、改めて心強く思えるのだった。


学院のエントランスに到着すると、私を待っている人がいた。

白大理石のホールの中、彼の金の長い髪がきらめいて見える。

私の恩人。そして庇護者であるラース様は、秀麗な容姿と高い背丈のせいか、他の人よりも輝いているように感じた。

スヴァルド公爵ラース様——私が居候している公爵家の当主だ。

まだ十代のうちに爵位を継承した人で、王族に連なる血筋で、王位継承権も持っている。聖花からできるお菓子を作ることが趣味で、そもそもお菓子が大好きだ……という話から、ラース様は通称『お菓子公爵』と呼ばれている。

甘い物は嫌いじゃないようだけど、食べることよりとにかく聖花菓子の研究に情熱を注いでいる。

おかげでほぼ毎日、私は聖花菓子を口にしているのだけど。

――とっても高価で、太らないお菓子を沢山食べられて、私はとても幸せだ。

「今日はどうでしたか？」

心配してくれていたのだと思う。

ラース様の使う馬車はすぐ近くに待機しているし、従者も扉を開けている。

けれどラース様は、エントランスホールの出入り口の近くにいた。そこから出てくる私に一声かけるため、待っていてくれたのかもしれない。

「おかげさまで穏やかに過ごさせていただけました。ご配慮いただきありがとうございます」

「そんなに畏《かしこ》まらなくていいんですよ。僕とあなたもお友達ですからね。寂しい思いをしていないか心配をしていた友達には、ただ笑って大丈夫でしたと一言教えてくれればいいのですよ」

「はい、その……大丈夫でした」

ラース様がそれを望んでいるならと、私は言われた通りのことを口にする。

すると後ろでブレンダ嬢が笑った。

「本当に素直な方で。友達になれて面白かったです、リネア様」

友達になれて面白かったとはどういうことだろう。でも不愉快に思っていないのだから、それでいいかと思う。

「あまり、ラースの言うことを真に受けなくてもいいんだぞ」

そう言ったのは、ラース様の斜め後ろにいた人物。

ラース様の騎士、アシェル様だ。黒髪のやや陰のある美青年といった風情だけど、弱々しい感じは一切ない。むしろ必要なら、黙って後ろから斬りかかりそうな迫力を感じる騎士だ。

髪色に合わせたかのように、黒い装束を着ているので、なおさらそう思うのかもしれない。

王位継承権を持つラース様のため、王家が手配した人らしく、学院でもラース様の側《そば》にいることが多い。

有難い助言に私はうなずいた。

「ではまた後で会いましょう」

「はい」

うなずく私に微笑み、ラース様はアシェル様と一緒に馬車に乗り込んだ。

二人を見送った後は、ブレンダ嬢と別れ、すぐ近くに停《と》まっていた私が乗るべき馬車に近づく。

御者も、馬車の後ろに乗って付き従う従僕もスヴァルド公爵家の人だが、扉の側で待機してくれているのは、正式にスヴァルド公爵家に勤めることになったカティだ。

「お嬢様、お待ちしておりました」

カティは輝くような笑顔を見せてくれる。それだけで、私は心が洗われるような気がした。

(守りたい、この笑顔)

周囲からの視線は以前とそう変わらないのに、カティが元気なのは、自分の足元がしっかりとしたからだろう。

公爵家という大きな家に勤め替えができた上、お給料も上がったらしい。人員に余裕があるので、お休みの日も日常の休む時間も増えたので、カティの健康度が増して頬もつやつやだ。

たとえ私がラース様の下《もと》を去るとしても、スヴァルド公爵家で雇い続けてもらえるように頼んでおこう……と密《ひそ》かに思う。

「出迎えてくれてありがとうカティ」

私も微笑み、カティの手を借りて馬車に乗り込む。

中にはカルヴァ様が座っていた。

「悪いが、酔いやすいのでこちら側に座らせてもらっている」

カルヴァ様が進行方向に向いた席に座っていることを、そう断って来た。

「気になさらないでください。私は長時間でなければ、どちらでも大丈夫ですので」

幸いなことに私は乗り物酔いをする質ではない。けれど女性を気遣わないのも悪いと思って、カルヴァ様はそう言ったのだろう。

(あら、もしかして……)

私はここでふと思う。

先日会った時にもやや渋面だったのは、乗り物酔いの影響だったのでは?

馬車に乗って移動した後ではないカルヴァ様に、会ってみたいものだ。もっととっつきやすい雰囲気の人かもしれない。

「あの、もし馬車に乗ること自体がお辛《つら》いようでしたら、どこかでお休みになりますか？」

乗り物酔いするのなら、無理はいけないだろうと思って言ってみたが、カルヴァ様は手を横に振って、首も横に振る。

「いいや大丈夫だ。兄は時間通りに行動できると機嫌がいい人間でな。昔よりは夫人のおかげで良くなったんだが、遅れないに越したことはない」

「…………」

新しい養父は、時間に厳しい人らしい。

思えばそんな情報も知らないまま、私は養子縁組を決めてしまったのだ、と気づく。

（誰でもいいから、あの家から救い出してほしいなんて思っていたものね……）

あの父親よりもマシな人で、世の中はあふれているのだ。時間に厳しいことぐらい、なんてことはない。

（ご自身の妻女にもきちんと対応しているようだし、私を養女にしてほしいという頼みを受け入れてくれた、心の広い方だわ）

それだけでも聖人君子のごとき人だ、レーディン伯爵は。

誰もが関わりたくない、エルヴァスティ伯爵家の娘を引き取ってくれるのだから。たとえ住む場所が公爵家で、後見が弟である神官という形で、ほとんど家族として交流しないとしても。

というか、家族として交流しない方がいいだろうと言ったのは私だ。

（レーディン伯爵家の方々が、私に巻き込まれるようにしておかしな噂や悪口の的にならないようにしたいから）

別の場所で生活していれば、万が一の時には言い訳ができる。「仕方なく受けた話だった」と。しかも私が居候しているのがスヴァルド公爵家となれば、なおさらレーディン伯爵を悪く言いにくい。

そんな配慮だったのだが、無事にレーディン伯爵に受け入れてもらえてほっとしていた。

さて、到着したレーディン伯爵家は、スヴァルド公爵家とは違い、前庭がない。

門の前で馬車を降りてすぐ、玄関扉が目の前にある形式の家だった。

建物の裏には小さいながらに庭があると思うが、エントランスが道に面した造りの館は、王都での中流貴族では普通の家だ。すでに都の形が完成した後で、王都に館を持つことになった貴族が多いせいだ。

家がひしめく状態の王都で、少しでも広い敷地が欲しいのなら、郊外に館を持つしかない。私のエルヴァスティ伯爵家の館も、やや郊外に近い場所にある。それでもさして広い庭はない上、蔦《つた》がはびこるような館だったけれど。

しかし館の中に一歩入ると、明るい色調の壁と、白っぽい家具が照明の光を受けて明るかった。

灰色の石造りの外観からは、想像もつかない感じだ。

そして到着を知らされて、近くの応接間から出て来たのは、レーディン伯爵一家だった。

レーディン伯爵は、カルヴァ様と同じ、くせのある淡い茶の髪をした男性だ。片眼鏡をしているので、少し目がお悪いらしい。彼はこわばった表情で私を見ている。

（本当は、私を養女にするのはお嫌だったのかしら……）

少し心細くなった私は、そんな自分に驚く。

自分の味方など存在しないと思っていたから、一人で生きて行くことを考えていたはずなのに……。

こうして養女という形で貴族令嬢の身分を保ち、願った通りにまだ聖花菓子を食べ続けられる環境にいられるようになって、味方は他にもいるかもしれない、という気持ちになっていたのだろうか。

でもそんな甘えた気分ではいけないのかも。

しかし銅《あかがね》色の髪を結い上げたレーディン伯爵夫人は、微笑んで私を見ているし、その娘なのだろう六歳くらいの少女と、四歳くらいの小さな女の子は、興味深そうなきらきらした目をこちらに向けている。

（嫌な印象を持っているわけでは……ない？）

子供は素直だ。そして親が世界のすべて。

親が私を少しでも嫌えば、それを鏡のように映して嫌悪してもおかしくないのに。

心の中で（？）がいっぱいになる私の横で、カルヴァ様が言った。

「今日は私の予定に合わせてくれて感謝する、兄上。彼女が話していた件《くだん》の人物だ」

私を紹介しようという言葉を聞いたレーディン伯爵が、

「くだごふっ」

おかしな言葉を発して口元を押さえた。

「…………？」

レーディン伯爵は、そのまま肩を震わせている。

しかし、噛《か》んだせいで恥ずかしがっているわけでもない。

やがてその目の端から、つぅーっと涙が伝って落ちた。

「……え？」

一体何が起きたの？

混乱する私の前で、隣にいた伯爵夫人がそっとハンカチを出した。

「あらあらまぁまぁ。我慢できなくなったようですわ。カルヴァ様からあなたのことを聞いてから、ずっと気の毒がってて……悲しいお話が苦手な人なのよ。さ、涙をふいてくださいまし」

夫人からハンカチを渡されたレーディン伯爵は、洟《はな》をすすりながら涙をふき、洟をかんで私に向き直る。

「く、くだんの娘か、ようやく会えたな。カルヴァが忙しくしていたため、遅れたことを……ぐすっ……詫《わ》びよう」

レーディン伯爵は、やや鼻声のままなのに、最初から言うつもりだったらしいセリフをそのまま告げた。

私の方は、どう応じていいのかわからない。

ぽかーんとしそうになって、慌てて口を閉じた。

ようするにレーディン伯爵の涙の理由は、私の事情を聞いて心底気の毒になったかららしい。しかし、厳格そうな態度で私に応じる予定だった。だから実行しようとしたものの、待っている間にそれを思い出し、泣きそうになっていたのだ。

(なるほど。時間厳守が好きで、予定していた通りのことを実行したいタイプ……)

だけど涙もろい……というより、涙もろいところを隠したくてそうしているのかもしれない。

それなのに、つい涙してしまうほど私の状況が気の毒すぎたと。

(え、でも私、泣くほどだったかしら……)

さすがにそこまでではないだろうと思ったが。

「母親を幼い頃に亡くし、父には母ともどもかえりみられたこともなく、親子らしいいたわりの言葉一つかけられずに育った孤独な娘だと言っておいた。あとエルヴァスティ家の財産を目当てにした貴族との婚約はしていたが、すでに愛人候補を作って、贈り物一つもない婚約者とは名ばかりの状態。……毎年誕生日には、寂しく暗い部屋の中、一人で母方の叔父がくれた贈り物だけを楽しみに過ごしていたのだとも話したか」

私の動揺を察したのか、カルヴァ様が説明した内容を教えてくれた。

あ……他人事《ひとごと》のように聞くと、とても可哀《かわい》そうな気がしてきた。

内容は私が説明したことそのままなのだけど、おそろしく孤独な人間に思えるわねそれは。

「びっくりしたわよね。この人がレーディン伯爵のケネス。私はマルグレーテ。この二人はあなたの妹になる子達よ」

伯爵夫人は、にこやかに口をはさんだ。レーディン伯爵の涙もろさに慣れっこらしく、さっさと娘達に自己紹介するよう促す。

子供二人は、伯爵夫人と同じように「まぁまぁお父様ったら」という視線を向けていたが、慌てて真面目な表情を作る。

まずは年上の子が、可愛《かわい》らしくお辞儀した。

「ロレッタです」

「アイナです。初めましておねえさま」

小さい女の子の方は、ぺこんと頭を下げただけになったが、またそれが可愛らしい。

(妹……妹ができるんだ、私)

姉妹というものに、多少なりと憧れた時期もあった。

そのためにはあの父が再婚しなければならないのだが、とても再婚などしそうにないので諦めたのだったか。

（そもそも、私の母と結婚したこと自体が奇跡なのではないかしら）

今も独身のままだが、実父は母に操立てしているようではない。少しだけ男色を疑ったこともあるぐらいだ。

ちょっと嬉しい。と同時に、不安になる。

自分の義妹となったのだ。この子達がいじめられたらどうしよう。

不安を感じたが、

「まずは場所を移してくれ、兄上」

カルヴァ様の言葉に、私は応接間に通されることになった。

一方のまだ幼い義妹達は、現れた家庭教師に連れられて、別の部屋へ連れて行かれたようだ。大人の話に付き合うには早すぎるのと、幼すぎてじっと待ち続けるのは難しいと判断されたんだろう。

通されたのは、この片眼鏡の伯爵の家とは思えない、クリーム色の壁に可愛らしい猫の絵ばかりかけられた応接間だ。

家具類は白とピンク色で、こう、落ち着かない……。

（え、待って、レーディン伯爵は可愛いもの好き？）

困惑が深まるものの、顔に出すわけにはいかない。ありがたくも自分の養父母になってくれた人なのだ。

（そう、きっとこれぐらい可愛い物が好きだから、女の子ならまぁ……って感じで養女の話を受け

てくれたのよ。それに伯爵の心には乙女な部分があって、だから涙もろいのではないのかしら）

自分を説得する言葉を脳内で連ねていた私だったが、それをカルヴァ様がぶちこわした。

「相変わらず妙な趣味の部屋だな……。もう少し落ち着いた部屋があったように思うんだが？　兄上」

「ここが一番落ち着いた部屋なんですのよ、カルヴァ様。先日、残っていた部屋をこの人がどうしてもピンクにしたいと言い出して……」

おほほほと笑うのは、伯爵夫人だ。

「なぜお止めにならなかったのですか、義姉上《あねうえ》」

「止めたんですのよ？　それで、真っ白な壁で手を打ったのですけれど、カーテンをまぁ素敵な淡いバラ色にされて、家具もいつのまにかバラ色の物を注文していましてね。うちの娘達が喜んでしまったものですから、そこは許容いたしました。飽きたらまた改装したらいいことですしね」

壁は白ですから、家具とカーテンを戻せばいいのですもの。

伯爵夫人はおうように微笑む。

どうやらこの可愛い部屋は、レーディン伯爵本人の趣味だったらしい。

「なるほど……」

カルヴァ様は納得するしかなかったようだ。

そして私は、案内されたティーテーブルの椅子に座りながら思う。

（とりあえず、印象は悪くない）

そこさえ問題なければ、少女趣味だろうがなんだろうがいいのだ。

「まずはリネア嬢。改めて自己紹介しよう」

きりっとした表情になったレーディン伯爵は、まっすぐにリネアを見る。

「ケネス・レーディンだ。今日からは私のことを『お父様』と呼んでくれてかまわない」

（そう呼んでほしい、ということでしょうか……）

心から歓迎してくれているらしいレーディン伯爵に感謝しつつ、私はその通りにした。

「はい。私を娘としてお引き取り頂きありがとうございます、お義父様《とうさま》」

するとレーディン伯爵はうっすらと口元だけで微笑んだ。嬉しいと思ってくれているのが窺《うかが》える。

「マルグレーテ・レーディンよ。養女になったばかりだし、もう大人の年齢ですもの、お母さま、なんて呼びにくいでしょうから、マルグレーテと呼んでくれていいわ」

夫人も配慮してくれる人のようだ。有難い。

お茶が運ばれてきて、まずは全員が一口。

それから夫人が口火を切る。

「リネアさん、どうして私達が養女の話を受けたのか、不思議だったでしょう？　最初は、大きくなったお嬢さんを養女にという話に、驚いたのですよ。夫も、最初からカルヴァ様のお話に涙して、即答したわけではないのです」

夫人は、私を大人として扱い、すべて隠さず話してくれるようだ。

私は耳をかたむけつつ、うなずく。

いくら可哀そうに思っても、できないことは沢山ある。

私の境遇が気の毒でも、私が父の意志に従順だったり、実は父に加担しているかどうかも外の人はわからないのだ。

うっかり身内に入れたが最後、どんなことをしでかすかわからないし、父に難癖をつけられることも警戒するだろう。そんな私を、すんなりと受け入れられる家族はいない。

よほどのお人よしか、考えなしでなければ、だ。

一方で、ラース様との関係を考えて、私を受け入れる……という話ならあるだろう。レーディン伯爵夫妻も、ラース様に恩を売ることができるのと、カルヴァ様という弟の頼みを聞いてのことかと私は推測していたのだけど。

「けれど私達は、ヴィンゲ子爵と知己でした」

「叔父様と……」

私の母方の叔父、いつも私に聖花菓子を贈ってくれている優しい人だ。

「ヴィンゲ子爵と会える場がちょうど近々でありましたから、その時に、それとなくエルヴァスティ伯爵家について聞いたのですよ。あなたが誕生日に、子爵から聖花菓子を贈られた話も」

そこでレーディン伯爵が続きを引き継いだ。

「誕生日の贈り物すらまともに用意されないと聞いて、驚いた。本当のことだとは思えなかったからな。子供に愛情を持てない貴族でも、それが貴族の慣習なのだと思って、贈り物は用意させるからな」

その通りだ。

育児を乳母に丸投げする貴族でも、贈り物は欠かさない。

「その後で、こっそりと養女の話をしたら、ヴィンゲ子爵は喜んでいらっしゃいましたよ」

レーディン伯爵夫人が微笑んだ。

私も微笑み返す。

「全て叔父様のおかげです。叔父様は、いつも私に道を開く力をくれます」

ブロックスキルを手に入れた聖花だって、叔父様が願わなければラース様から購入できなかった。

そして養女としてエルヴァスティ伯爵家から離れることも、叔父様がレーディン伯爵夫妻に私のことを話してくれなければ、実現しなかったかもしれない。

涙を浮かべそうになりながら私がそう言うと、レーディン伯爵は口を引き結んでふるふると震わせる。

さっと目じりを指で拭ったのを見て、微笑んだ伯爵夫人が言った。

「周囲にあなたを助ける人が一人でもいてくれてよかった。今度は私達も助け手となりましょう」

「ありがとう……ございます」

思わず声が詰まってしまう。

そしてますます思った。

聖花菓子は私にとって、とんでもない幸運をもたらしてくれる物なのだと。

（ただでさえ不運続きの人生だし……。聖花菓子が手に届かなくなって、逆戻りしたら怖いわ）

なんとしても、聖花菓子を食べ続けられるようにしたいものだ。せめて、問題が全て解決する間だけでも。

考えている間にも、レーディン伯爵とその夫人、カルヴァ様の話が進んでいく。

まずは私の住む場所について。

「やはり年頃の娘が、独り身の人間の家に住むというのは……」

難色を示すレーディン伯爵に、首を横に振ったのはカルヴァ様だ。

「エルヴァスティ伯爵が絡む以上は難しい。彼が何をするかわからないし、万が一の場合、兄上が家族を守り切れなくなったらどうする？　リネアが心を痛めることになるだろう？」

「うっ……」

レーディン伯爵が胸を押さえてうつむいた。大きなダメージを受けたらしい。

「あなたったら、以前もそれは確認して、納得されたでしょうに」

伯爵夫人が頬に手を当てて首をかしげた。

「それは、もうすこし強そうな娘かもしれないと思っていたからだ。こうまで普通の令嬢らしいと思わなかったから……」

ええと、レーディン伯爵は、私がもう少し強面《こわもて》で威圧感たっぷりの外見をしていると予想していたのかしら？　それでも話を聞いて涙し、養女にしてくれたのだと思うと、彼の情の深さが身に染みるようだ。

（きっとレーディン伯爵は、私が山男のような娘でも養女にしてくれたのでしょう）

この方や、新たな家族に迷惑をかけてはならない……と私は改めて感じた。

だからこそ聞いておきたいことがある。

「あの、伺っておきたいことがあるのです。よろしいでしょうか？」

口をはさむと、三人が一斉に私を振り返った。

「なんだね？」

「エルヴァスティ伯爵家のことに決着がついた後の……私の身の振り方なのですが」

問題が、解決したら。

元々、私がラース様にご厄介になるのも、こうして養女にしていただくことも、エルヴァスティ伯爵の国家転覆のたくらみをくじくため。

でも、それが終わったら？

ラース様もカルヴァ様も、見捨てないと言ってくれている。だから望めば令嬢としての生活を続けられるのはわかっていた。

でも他家の養女になったとはいえ、侵略を手引きしようとした人間の娘に求婚する図太い神経の人などいない。そして貴族令嬢としての役に立たない私を、いつまでも養女にしておくのは、難しいのではないかしら？

レーディン伯爵は同情して、私を家に置いてくださるだろう。

でもその下の世代になった時はどうかしら。

実子である、あの可愛い姉妹に、いつまでも他所から来たいわくつきの義理の姉の面倒をみさせるわけにもいかない。私の評判が悪いせいで、彼女達の嫁入り先や、婿入りまで阻害しかねないもの。

私はそれが心配なのよ。

一番現実的なのは、私が神殿へ入ること。

（ただ、それをしたくないからこそ、後見をつけてもらった上で養女になったわけで……）

次点は、レーディン伯爵家の分家の方との結婚を世話してもらい、貴族の端くれの立場を保ちつつ……私が表舞台から去ること。

それなら、ラース様のお菓子開発の手伝いをしていても問題ないし、レーディン伯爵家の娘、というのは二人の姉妹だけという印象になる。

そういったことについて、レーディン伯爵がどこまでお考えなのかを知っておきたかったのだ。

「今回養女としていただいた理由については、ラース様やカルヴァ様よりお聞きになっていらっしゃると思います。私の証言が疑われないため、私の立場をエルヴァスティ伯爵家から遠くに置いて、味方を増やしてから……という方針のことも。ただ無事に告発が終わってからは……。正直、反逆者の娘であることは誰もが知っているわけですから、私がレーディン伯爵家にいることで、義理の妹達のお嫁入りに影響するのではないかと心配しております」

私の考えを説明すると、カルヴァ様は言った。

「ある程度のことは、そなたのスキルのことがあれば帳消しにできるだろう。公表するのは、告発が終わった後の方がいいだろうが」

レーディン伯爵は片眼鏡の位置を指先で直しながら言った。

「そうだな。告発が終わって、君が父の不正を暴いたのだと印象づけたところで、スキルを持っていることも明かせば、かなり君の印象は改善するはずだ」

「でも、嫁入り先を探すのは難しいのではありませんか？　そしてスキルを公表すると、なおさら難しくなりそうです」

スキルを持たない状態なら、格下の家に嫁入りをしても、告発をしたとはいっても外聞が悪いからだろうと納得されるだろう。

でもスキルを持っている場合、格下の家に嫁ぐのは……さすがに難しい。

するとなぜか、レーディン伯爵とカルヴァ様が目をまたたいた。

レーディン伯爵夫人が、ふふっと笑う。

（……？　私なにか変なことを言ったかしら？）

「それについては、あとで状況が変わった時に、それに沿って考えよう。心配はない。私の娘として責任を持って、将来についても考えて行こう」

「ありがとうございます」

一礼しつつ、リネアは首をかしげた。

（今はまだ、どうするかは決まっていないということ……かしら）

たしかに状況が定まらないと、どうと言えないかもしれない。

「そういえば、ね」

納得したリネアに、レーディン伯爵夫人がきらきらした目を向けて来る。

「スキルってどんな感じ？　見せてもらえるかもしれないって、とても期待していたの！」

「お前……」

レーディン伯爵が呆《あき》れた目を夫人に向けている。でも伯爵夫人はだってだってと言いながら両手を握りしめる。

「もうこの日が待ち遠しくって！　魔法はいくらか見た事がありますけれど、スキルはそうそうお目にかかれるものではありませんわ！」

夫人の言うことももっともだ。

「では、少しだけ……」

初対面であることだし、特に悪く思われてはいないものの、もっと良い印象を与えておきたい。

そんな風に考えた私は、念じる。

『クッキーはこの指先に触れられない』

「見ていてください。クッキーに触れなくなります」

そう言って、お茶と一緒に運ばれてきたクッキーのお皿に指先を伸ばす。

すると。

――ひょい。

人差し指を近づけると、クッキーが逃げる。

――ひょい。

おいかけるとさらに逃げて、ぶつかったクッキーをも押しやった。

四本指を近づけると。

――ずずずず。

沢山のクッキーが皿の片側へと寄って行く。誰も触れていないのに。

「すごい、すごいわ！」

伯爵夫人は立ち上がらんばかりに興奮し、レーディン伯爵はまじまじと片眼鏡の位置を直しつつ目を細めた。

「これは間違いなくスキル……」

初めてスキルを目の当たりにしたカルヴァ様も、「ほぅ」と感心したようにうなずいていた。

とりあえずこうして、初めての養父母との対面を終えることができたのだった。


帰りは、カルヴァ様はレーディン伯爵邸へ宿泊するということで、私は一人でスヴァルド公爵家へ向かった。


到着すると、エントランスまでラース様が迎えに出てくれていた。

「おかえりなさい、リネア」

そう言われた瞬間、私は妙に肩から力が抜けるのを感じる。

養父母に初めて会うのだから、緊張していたのはたしかなのだけど……。こんなにほっとするのって、私がもうここを家のように考えてしまっているからかしら?

厚かましいと思われないようにしなくては、と思いつつ一礼する。

「ただいま戻りました、ラース様」

「どうですか?　なかなか楽しい方々だったでしょう?」

「はい、とてもお優しい方々でした」

私の答えに、ラース様は満足そうに微笑んでくれる。

「では早々に食事にしましょうか」

言われて気づけば、たしかに夕食の時間だ。

「今日はありがとうございました」

私は急いで外出着から着替え、ラース様とアシェル様と、食卓につくことになった。


その日の食卓にも、聖花菓子がデザートとしてふるまわれた。

私は花そのものといった様子の薄く美しい砂糖菓子に、目を丸くするしかない。

しかも色も再現されているようで、花芯の濃いバラ色が端へ向かって白くなっていく美しいグラデーションにほうっと息をつく。素晴らしい。

みずみずしい花のようなのに、つまめば間違いなく固い砂糖菓子なのだ。

口に入れると、すぅっと消えるように溶けてしまう儚《はかな》さに、私はうっとりする。

「お口に合いましたか？」

ラース様の問いに、私は何度もうなずく。

「はい、とっても」

けれどやっぱり心配だ。

「でもこんなに毎日聖花菓子を食べて、なんだか申し訳ない気持ちになります」

「大丈夫です。これも研究の一環だからと、魔術士ギルドには協力をしてもらっているんですよ」

「協力ですか？」

聖花の購入相手が魔術士だというのは知っているけれど……。

「彼らの研究にも手を貸しているから、こちらにも融通してもらう約束をしているんです。聖花もいつもお金と引き換えというわけではないので。物と交換することもあるのですよ」

なるほど。

でも物々交換するにも、聖花とではかなりの物を差し出しているのでは。

色々と想像してしまう私に、ラース様は言った。

「ちょうどいい。うちに出入りしている魔術士と会ってみますか？」

「え？」

「今日はいるんですよ。家に」

家に魔術士がいる。

その言葉に私は目を丸くした。

そもそも魔術士というものは、そうそう人前に現れるものではない。

貴族は彼らを雇うことがあるし、魔術で余興を行うことはあるものの、魔術士そのものをみせびらかしたりすることはない。魔術士の側から拒否されるからだ。

それもこれも、過去に戦争に手を貸したのは、虚栄心のせいだとして、魔術士達が自分自身で律し、表に出ないようにしているためだ。

そんな魔術士が、気軽に出入りしているかのように『今日はいるんですよ』と言われて、驚かずにいられなかった。

（そもそも、魔術士の方がスヴァルド公爵家に自由に出入りしているのかしら？）

ラースの口調からすると、そんな印象を受けた。

でも魔術士には会ってみたい。

「もしよろしければお話ししてみたいです」

私はラース様に面会を願い出た。

するとラース様は、壁際に控えていた従者に尋ねる。

「君、魔術士は今どこにいるか知っていますか？」

「先ほどまでは、製菓室にいらっしゃったかと」

淡々と答えるラース様の従者は、たしかマルクという名前だったはず。

最近ようやく、双子のノインとの見分けがつくようになってきた。やや冷たい印象の目をしているのがノイン。穏やかなまなざしの人がマルクだ……ったと思う。まだ少し自信がない。

「では、食事が終わったら、製菓室へ行きましょう」

ラース様に誘われて、私はうなずいた。

※※※

食後のお茶をいただいた後で、ラース様と連れ立って製菓室へ行くことになった。

件の製菓室は、厨房《ちゅうぼう》に近い場所にあったようだ。

ようだ、というのは、私がその存在すら知らなかったからだ。

普段貴族というものは、厨房や洗濯場の近くに行くことはない。子供の頃は何にでも興味を示したり、召使いに世話をされているので、遊び場の一つになることもあるけれど。

他所の家に居候の身である私は、あちこち探索するのも失礼だと思い、なおさらそういった場所には近づかなかった。

だから製菓室なるものがあることを知らないまま過ごしていたみたい。

今までラース様が作らせていた菓子も、厨房に菓子職人が出入りして作っていたとばかり思っていたのだ。

(でもそうよね。恐ろしく高価な聖花を、召使いに管理を任せるわけがなかったんだわ)

そのためにラース様が管理する、特別な部屋があるのだろう。

納得しつつ歩いて行くと、一階の客間などが並ぶ場所から少し離れた部屋に案内された。

一見すると、扉は他の客間とそう変わらない。

ラース様がノックをすると、中から「はーい」と返事があった。

「……？」

なんだか聞き覚えがある声だった。

でもすぐには相手の名前は思い浮かばない。自分と親しい相手や、長く関わっている人ではないだろう。

（でも、誰？）

顔も名前も浮かばないのだから、ほんの何回か話しただけの人だとは思うが……。そもそも魔術士に知り合いはいないので、そんなことがあるわけもないのにと、私は首をかしげる。

「僕ですよ。入ってもいいですか？」

「ラースか。どうぞ！」

かなり軽い調子の言葉がラース様に返された。ラース様とはかなり親しい人なのだろう、この魔術士は。

許可を受けたラース様は、さっそく扉を開ける。

その先にいるのは誰なのか。ドキドキとしながら扉の向こうを見つめていた私は、やがて灰色の大理石の台の上に、白い花を並べている人物と目が合う。

「あ、ようやくここに案内する気になったんだね」

銀の髪の魔術士は、そう言って微笑む。

「時間が合わなかっただけだと言いましたよ。最近の君は、たいてい夜や夜中に作業しに来るものですから……クヴァシル」

ラース様にそう言われたのは、間違いなく、学院で会ったばかりの男子生徒、クヴァシルその人だった。

　肩より上の銀の髪。

　ラース様よりやや小柄な彼は、正直、魔術士と言われても「うそでしょう？」と言ってしまいそうなくらい、貴公子らしい雰囲気だ。

　在野での活動が主で、山の中などを移動して聖花を探すような魔術士のことを聞いているからこそ、山道を彼が歩く姿が想像できない。実際、私が見たことのある魔術士も、体格のよさそうな人や日に焼けた人の方が多かったもの。

（いえ、馬に乗っているのかも？　でも乗馬で移動というのも……）

　クヴァシルでは、すぐに疲れてへたってしまいそうだ。

　そう、魔術士と言われるよりは、まだ菓子職人だと言われる方が納得できるわね。

　繊細そうなクヴァシルは、私が驚いていることをすぐに表情から読み取ったようだ。

「あ、意外だった？　そうでしょうそうでしょう。こんなに可愛くてか弱そうな僕が、魔術士だとは思えないって、ラース様にも言われたことがあるから」

　にこにことしながら、クヴァシルが続ける。

「魔術士ってさ、体力ありそうな人が多いじゃない？　みんな最初はもやしっ子なんだよ？　だけど一日中山の中とか歩かされてるうちに、生活するために筋力がついていくみたいなんだけど。僕は全然だめでさー」

黙っているうちにも彼は語り続ける。

合間にラース様が、補足を入れようとしてくれた。

「彼は幼い頃から病弱な質だったらしいんですよ。そういった魔術士らしい探索活動には、今も向かないようです」

「だからずっとテントや拠点で、お菓子作ったり寝込んだりしてたんだよね」

すぐさまクヴァシルが続きを口にして、ニヤッと笑った。

「僕の作ったお菓子に感動してくれたみたいだね。ほんと嬉しいよ。作った甲斐《かい》があるなぁ。それで今日はどうしたの？　僕のお菓子を作る姿を見たくなったのかな？」

矢継ぎ早な話し方に圧倒されていたら、クヴァシルの方から質問してきた。

なので尋ねてみることにした。

「あの……その……」

「何かな？」

「いつもは、そのように砕けた感じでお話しになっていらっしゃるんですか？　あと、貴族の子弟でいらっしゃるのは、偽装ですか？」

学院では主語も「私」だったし、品行方正な貴公子然とした話し方だった。あれは表向きの姿？

それに魔術士がどうやって学院の生徒として通えることになったのだろう。基本的に魔術の才能があっても、貴族でいることを選んだ人は、魔術士ギルドには所属しないはず。

クヴァシルの話からすると、ギルドには所属しているはずだ。それも幼い頃からというのなら、彼は貴族出身ではないと思うのだけど。

「ああ、そこも気になったのかぁ」

クヴァシルはうんうんとうなずく。

「君の想像通り、僕は貴族出身じゃないんだ、リネア様。ただ、今の魔術士ギルドの長は、王族の一員。僕はそんなギルド長の養子になっているってわけ」

そこまで聞けばわかるよね？　とクヴァシルは微笑んだ。

私はうなずく。

（なるほど。王家に融通が利くのね。そしてギルド長が王族出身なら、表向きには貴族の爵位を持っているのかもしれない。その子息として……彼は学院に通っているんだわ）

そもそも魔術士ギルドも、貴族と関係が深い団体だ。

彼らが収入源として扱う聖花も、魔術も、平民が買うにはあまりにも高価だから。

（それにしても王族……）

何か引っかかりを感じる。

どうしてだろうと考えている間にも、クヴァシルは言う。

「きっとこれも疑問に思ってるだろうけど、聖花の研究の一環で、元々魔術士はお菓子を作っていたんだよ。神殿でも神官が菓子を作っているだろう？　それと同じようなものかなぁ」

そうしてにっこりとして、私に作業台の上に並べていた白い花を差し出した。

「せっかく来たんだから、お菓子を一つあげようね」

「ありがとうございます」

受け取った私は、その綺麗《きれい》な花をしげしげと見つめる。

みずみずしい薄い花弁が八枚、器のように湾曲して、五分咲きの白いバラのように重なっていた。

「すごいです。まるで花そのものですね」

「うん、食べてみて」

クヴァシルに勧められて、私は小さな花を口の中に入れる。

……？　あら？

歯ざわりが、なんだかこう、お菓子らしくないような……みずみずしく甘い花のよう。

「菓子じゃないものも、試してみると楽しいよ」

「菓子ではない!?　ちょっ、リネア、それは……！」

クヴァシルの言葉に、ラース様が目をむいて私に駆け寄って来ようとした。

けれどその前に、私は強烈な眠気に襲われ、その場に膝と手をついてしまう。

「ねむ……」

目を閉じたら、一秒たたずに眠ってしまうだろう。

しかしこんなところで眠るわけには……。

ぐぐっと奥歯を噛《か》みしめていると、クヴァシルの声が遠くから聞こえる気がした。

「すごい！　本当に影響を強く受ける人なんだ」

しみじみと感心するような口調に、また私は既視感を刺激される。

「だから説明もなしに物を食べさせないでくださいとあれほど……！　リネア、大丈夫ですか？」

ラース様が肩を抱えて支えてくれた。

ほっとしたその時、ようやく私は思いだす。

（あ、この実験動物を扱う時みたいな口調……夢で見た……）

侵略を手引きしたはずの父が堂々と王宮を歩いていて……私が、虜囚として鎖につながれている夢だ。

それを、砂色の髪に赤い瞳の青年に見せられ、なぜ自分はこんな状態に陥っているのかと、絶望していた。

その時、赤い瞳の青年が呼びかけた相手。

銀の髪を揺らした人物。

夢の中の彼は、ほんの少し背が伸びているけれど、はっきりと思い出した今は間違いないと言える。

あれは、クヴァシル――。

思い出すと、逆に意識がはっきりしてくる。

おかげで私は、ラース様の手をわずらわせずに、自分で立ち上がれた。

「あの、ごめん……」

クヴァシル自身も、ここまではっきりと効果が出るとは思わなかったのだろう。しょぼくれた表情で謝ってくれた。

「影響があると聞いてはいたんだけど、この聖花が『朝の雫《しずく》』だから、目が冴《さ》えるぐらいの影響だと思っていたんだ。倒れそうになるなんて……」

クヴァシルにも予想外だったらしい。

たしかに、今まで私が食べた聖花は、全てその名前が付けられた要素そのものの影響が出ていた。寒くなるとか、暑くなるとか。

（いえ、間違いなく目が覚めるというか、朝の雫らしい気づきを得たんじゃないかしら）

だから……思い出したのだと思う。

忘れていた夢の詳細を。

（思い出してよかったわ。とはいっても、話していいものなのかどうか）

内容についてちょっと考えて、私は黙っておくことにした。よく吟味してから、ラース様に相談しよう。

そのラース様は、ものすごく落ち込んだ様子で、うなだれ気味だった。

「申し訳ない、リネア嬢。クヴァシルは悪い人ではないんですが、奇抜なことをするというか、聖花の研究に関しては、タガが外れやすいところがあるんです」

それを聞いた私は、なんだか聞いたような話だわ……と思う。

たしかラース様自身が、そんな風に言われているのではなかったかしら？　聖花菓子に並々ならぬ情熱を注いでいて、新しい聖花には目がないとか。

（類は友を呼ぶというアレかしら）

そう考えると、クヴァシルもラース様も、一つのことへの研究熱が強いのだろう。

でも私は、クヴァシルのしたことを怒っているわけではなかった。

正直私でさえ、聖花そのものを食べたらどうなるのかはわからなかったし、少しだけ……聖花を食べたらどうなるのか、興味があったのだ。

こんなにてきめんだとは思わなかったけれど。

「気になさらないでください。私も手に持った瞬間に、お菓子ではないと気づいてもよさそうだったのに、ぼーっとしていたのです。それにもうなんともありませんし」

手を振って、ほら元気ですよと見せたつもりだったけれど、ふいにラース様がその私の手を握る。

彼の手の温かさに驚いて、心臓が跳ねた気がした。

「本当に？　影響は全くありませんか？」

「は、はい」

忘れていたことを思い出しただけ。だから、悪い影響は全くない。

「それならいいけど……なにかあったら、必ず言ってくださいね？」

「お約束します、ラース様」

私がそう答えると、ようやくラース様は納得したように手を離した。

それを見ていたクヴァシルが「ほーん」とつぶやく。

「どうしたクヴァシル？」

ラース様が首をかしげた。

「いや、なんでもないよ。とにかく今度お詫びをしたいな。してほしいことがあったら、何でも言ってねリネア様。魔術士としての依頼でも、君なら受け付けるよ。お詫びも兼ねて」

「ありがとうございます」

私は内心で小躍りした。

魔術士に仕事を依頼するなんて、めったにできないことだ。

（これなら、救国の乙女が使ったという魔法があるかを探してもらえるかもしれない）

どういう形で言えばいいのか、これもよく考えてからお願いしよう。

（多少、彼に思うところはあるけれど……）

笑顔でお礼を言った私は、とりあえず自室へ引っ込むことにした。

「お嬢様、お茶などはいかがですか？」

「大丈夫よ、お水もあるし。少し本を読んだりするから、しばらくあなたも休んでてカティ」

カティは私の言葉にうなずいて部屋を出た。

私は長く息をついて、行儀悪く寝台に転がる。

「そうよ、あの人は実験が大好きなタイプ……ある意味、ラース様に似てるのよね」

夢の続きを、私はどこかの時点で見ていたようだ。

その記憶も蘇《よみがえ》ったらしい。

赤い瞳の青年が呼びかけた後、クヴァシルは私を魔術の実験に参加させた。

一応、恐ろしい実験ではなかったけど、寒くなりすぎて風邪をひいたりという目には遭ったのだ。

その時にクヴァシルは自分の魔術の結果だからと、私に薬などを与えようとしてくれたけれど、
その時の私は牢《ろう》の住人。

私を痛めつけたいと思っていた赤い瞳の青年の意向で、薬もなく放置されるというひどい結果になったのだ。

おかげでクヴァシルへの私の印象も悪い。

というか、あの夢のままの性格なのだとしたら、クヴァシルは実験できることを喜ぶあまりに、私の状況について深く考えないタイプだ。

先ほどの聖花の一件からも、私の予想通りだと思う。

「悪気がない人の方がやっかい……よね。だけど、魔術士の伝手《つて》は惜しい」

それに彼は、王家に関する伝手の一つにもなる。

クヴァシル自身が王族の養子であること、魔術士ギルドそのものが王族が長を務めている関係上、彼らに良い印象をもってもらえれば、私の立場は少し有利になる。

ラース様はそれも考えて、クヴァシルと私を引き合わせたのではないかしら。

「そう、私は王族にも嫌われているから。王族からの非難をかわすためにも、ラース様以外にも味方が必要なんだわ」

会ったことはない。だけど思い出した。

あの赤い瞳の人物は……この国の王子だ。

「王子とはほとんどお目通りしたことがなかったから、つい忘れていたのよね」

こうしてスヴァルド公爵家で暮らし始めて、気持ちが落ち着いたせいだろうか。

今まで気づかなかったものに、後でハッとすることがある。

王子のこともそうだ。

ラース様の赤みの強い瞳の色を見ていると、ふっと夢のことを思い出した。

そういえば、赤い瞳の男の人を見たな……と。

その流れでラース様と瞳の色の話になり、王族にはこの色が多いことを知ったのだ。結果、王子ではないかと気づいたわけで。

ぼんやりしすぎではあるけれど、正直、世界のなにもかもがどうでもいいという気分で生きて来た私だったので、記憶に残らないのも仕方ない。そう、私は自分をなぐさめることにした。

「そういえば、未来では捕まって王宮の牢にいたのだもの。それに救国の乙女に、王子が関わっているのは当然だわ」

特殊な魔法が使える人間を野放しにするわけがない。

そう考えると、ミシェリアはアルベルトと結婚はできないのでは？

「王族が身内にしたがるでしょうに。アルベルトと純愛（？）を貫くとしたら、アルベルト自身が王家にでも暗殺されるのではないかしら？」

その場合は……と考えて、私はラース様の家に逃げ込む前に出会った、アルベルトの父ヘルクヴィスト伯爵のことを思い出す。

あの伯爵なら、先にアルベルトを諦めさせることで、王家に恩を売るように動くかもしれない。アルベルトの気持ちはどうかわからないけれど、父親にそうするよう強要されたら、うなずくのではないかしら？　私との婚約を決めた時のように。

「そしてミシェリアを諦めて、未来の王妃との繋がりを取る……という判断をするかもしれない」

十分に考えられる未来だ。

ミシェリアが、間違いなく救国の乙女になるならば。

「でも私は、彼女をどこかの森に捨てる必要もないし、する気はないし。だとしたらミシェリアは魔術士に会うこともなくて、魔術の才能についても知らないままでは？」

もちろん救国の乙女になんてならない。

私も自分に悪意を持っているらしい人物に、わざわざ才能があるなんて教える気もないし。

「その場合、婚約を解消したのだから、アルベルトがミシェリアと結婚……はやっぱり無理よね」

アルベルトが貴族をやめない限り、もしくはミシェリアが救国の乙女にならずに貴族籍に戻らない限りは、あの父が認めないし、アルベルトも二の足を踏むはずだ。

アルベルトが父親に従う限り、ミシェリアは愛人にしかなれない。

本人もわかっているのではないかと思うけど……。

「わかっているわよね？　元貴族令嬢なのだし」

まさか知らないということはない、と思いたい。自信がなくなるのは、ミシェリアが堂々と私にいやがらせをしていたからだ。

本妻相手に嫌がらせをしたところで、立場が変わることはないのに。

「問題になるのは、うちの父エルヴァスティ伯爵だけね」

あの人さえ捕縛して行動を止められたら、救国の乙女も必要ないのでは。

ラース様が監視をしてくれているけれど、エルヴァスティ伯爵は全く尻尾を出さないらしい。先日来ていた隣国の将軍も、全く姿を現していないのだとか。

ラース様は、もしかすると警戒しているのかもしれないと言っていた。もしくは、すでに肝心のやり取りを全て終えた後なのかもしれない……と。

「物語の通りに進むとしたら、隣国では動きがあってもいい頃だものね。手はずは整った後というのは、納得できるわ」

だとすると、いよいよエルヴァスティ伯爵を告発するためには、何らかの証拠をつかむしかないわけだが。

「ラース様やアシェル様の調査を待つしかないか」

現状、私がやるべきことは、私が告発を行った後で濡《ぬ》れ衣《ぎぬ》を着せられたりしないよう、味方を増やすことだ。


なので翌日も、学院へ行く。

今日はすでにラース様と交友があると知られているので、ラース様と一緒の馬車に乗った。

しかしこんなに堂々と、ラース様との間に何らかの関係があるとわかる方法をとってもいいものなのか。ちょっと気になるので、ラース様に聞いてみたのだけど。

「うん。そこは気になっているとは思ったけど、一つ問題があるから、逆に堂々と一緒にいた方がいいと思って」

「問題……あ」

言われて私は思い出す。

今現在、レーディン伯爵家の娘になっているはずの私が、実父エルヴァスティ伯爵や、元婚約者の父ヘルクヴィスト伯爵が怨恨からなにかしてくるかもしれないので、身を守るためにもラース様のところへ身を寄せているのだ。

婚約者でもない男性の家に、居候。

養父母が認めてくれていても、ちょっと奇異なことに違いはない。

当然、それを後から知った貴族の子息令嬢は、また私を攻撃する材料に使いかねないのだ。

ラース様はそれならば、一緒にいるのはラース様の意志でもあることを、さっさと示した方がいいと判断したようだ。

むしろ友人に質問をさせて、その状況を周囲に聞こえるようにして、周知するのだとか。

「隠せば隠すほど、後ろ暗いところがあると思われかねませんからね。堂々としていた方が、真実味があるでしょう？　さ、到着しましたよ」

馬車が学院のエントランス前に停車する。

扉が開かれて、先にアシェル様が降車した。続いてラース様。

そのラース様に手を差し伸べられて降りた私は。

（……どう説明しても、嫉妬はされそうだわ）

ちょうどエントランスに居た令嬢達の冷たい眼差《まなざ》しが私に突き刺さるのを感じていた。

（元々、人気のある方だから……）

学院へ通っている令嬢にとって、年齢のつり合い良し。

すでに公爵位を持っていて、結婚したら間違いなく公爵夫人になれる。

しかもうるさい義理の両親もなし。

そして本人の容姿もすこぶる良いときた。

今婚約者がいる令嬢でも、ラース様の気持ちを自分に向けられさえすれば、親も喜んで婚約相手を変えるだろう。

そんなラース様と、一緒の馬車に乗って来たのだ。多少なりと冷たい目を向けられてもおかしくはなかった。

同時に、私はラース様の判断に改めてうなずく気持ちになっていた。

(これは……誰かの情報から、同じ館に住んでいるとわかったら、もっとひどくなっていたかも)

そこまで考えが及ばなかったのは、私がエルヴァスティ伯爵家から逃げることにばかり気持ちが向いていたからだろう。

(これからはもう少し考えなくては)

心の中でうなずき、ラース様とは別れて自分の授業を受ける場所へ向かう。

「おはようございますリネア様」

「ごきげんようブレンダ様」

今日の宗教学の授業を行う広間で、ブレンダ嬢と合流した。

「今日は私の友人達も同席させていただいてよろしいですか？　リネア様」

ブレンダ嬢は、今までずっと仲良くしてきた友人二人と一緒にいた。

おそらく昨日私と会話した様子から、交流ができるだろうとブレンダ嬢は考えたのだろう。

――リネア・エルヴァスティは、そこまで危険な相手ではない、と。

友人達も、ブレンダ嬢と私の様子を見た上で大丈夫だと判断したに違いない。

なんて、うがった見方ばかりしてしまう自分に、少し落ち込んだが、すでに習性になってしまっているので仕方ない。

味方を作らなければと、私は気持ちを切り替えて微笑んでみせた。

「今日はよろしくお願いいたします」

自分から挨拶をすると、ブレンダ嬢の友人達も名前を名乗って話しかけてくれる。

まずはあたりさわりのない、天気のこと、授業のこと。

でもそれでもいい、と私は安らぎを感じながら耳をかたむける。

今までの人生で、こんなささやかな話題すら口にすることもできなかった身としては、普通に会話もできるし、周囲から味方だと感じられる人が側にいる状況なのだから。

ただ、どうしても視線は感じる。

いつも通りの突き刺さるような視線は……やっぱりオーグレン公爵令嬢エレナだ。

（アルベルトとの婚約は解消されたはずなのに）

未《いま》だに敵意を持っているのはなぜ？

不思議に思いながら、私は授業を終える。


次の授業は音楽だ。

今日は一ヶ月前に出されていた課題曲を弾く。

そのためにバイオリンを各自が持ってきているのだけど、ケースから取り出そうとしたところで、背後で「きゃっ！」と小さな声が上がった。

「え？」

振り返れば、私の背後で尻餅をついている令嬢がいる。

混乱しながらも私を凝視して、足元や周囲を見回している様子から（あ……）と気づいた。

（たぶん、私にぶつかろうとしたんだわ）

「わ、わたし！」

予想外のことに、予定していた言葉が出て来なかったのだろう、令嬢がほんの二秒ほどためらった隙のことだ。

「エルティナ様、よろめくなんて具合が悪いのですか？」

「顔色も良くないですよ」

様子を見ていたブレンダ嬢の友人達が心配顔でそう言えば、私に倒れかかって来たエルティナ嬢はぐっと言葉に詰まる。

きっと具合が悪いふりをして私にぶつかり、バイオリンを落とさせようと計画していたのだと思う。

けど問題があった。

それは私が……ブロックスキルでオーグレン公爵令嬢と取り巻きが近づけないようにしていたから。

おかげでよろめいたふりをしたエルティィナ嬢は、私のスキルによる壁にぶつかって弾《はじ》かれ、私から少し離れた場所で転んだのだ。

今となっては、ふいに私の近くで転んだだけの状態になってしまっている。

この状態で、しかも二人にしっかりとぶつかっていないと目撃されていては、どうしようもない。

エルティィナ嬢は顔を真っ赤にして「失礼！」と言ってこの場を離れた。

「まぁ不思議な……」

ブレンダ嬢は少し笑いそうになりながら、そうつぶやいた。

その表情から、たぶんスキルについてもラース様から聞いているのだろうな、と私は察したのだった。

「それにしても、複数人で固まっていれば接触はしてこなくなると思ったのですが……」

ブレンダ嬢はそこだけは不可解なようだ。

「私にもなんとも……。エレナ様が、ヘルクヴィスト伯爵子息のことを気にしていらしたのは知っていましたけれど、もう私は婚約者ではありませんし」

なぜ、いまだにこちらに敵意を向けるのか。

「ただひたすら気に入らないだけなのでしょうか」

時々あるのだ。

初対面の、おそらく私の出自を知らなかった女性に「なんだか気に入らない」と文句を言われたことだってある。おそらく理性的な人ではなく、自分の感性のみで好悪を振り分けて生きているのだと思う。

普通なら、感覚的に合わないなら仕方ないので『関わらないでおく人』に相手を振り分けて、遠ざかる。まだ何も被害を受けていないのに、いちいち攻撃する必要はない。

オーグレン公爵令嬢も、そういう類なのかもしれない。

「んー。私の知っている限りでは、そういう感じではなく、やはり私怨のように思うのですが」

ブレンダ嬢の評に、私はますます首をかしげる。

一体どうしたっていうのだろう。まさかラース様にまで気があったのだろうか。

それで私を恨んでいるのだとしたら、納得できるのだけど。

でも味方がいるので、以前ほど暗い気持ちにはならない。

「今だけ切り抜ければいいものね」

つい、つぶやいてしまった。

「どうかされましたか？」

なにか言ったらしいことは聞こえたので、ブレンダ嬢が尋ねてくる。

「あ、いいえ大丈夫です。独り言を口に出してしまって」

「そういうことってありますよね」

うなずいてくれたのは、ブレンダ嬢のお友達の一人で、ほわんとやわらかな雰囲気の方だ。あまり身構えることなく話せる方で、嬉しい。

「気を抜いてはいけませんわ、リネア様。どんなことからあげ足を取られるかわかりませんもの」

もう一人の方は、やや心配性な人だ。以前は少し厳しい人なのかと思っていたけれど、つり目気味なのと心配しすぎなせいでそう感じるのだと、今はわかっている。

「本当にそうですね。今までもそれで言いがかりをつけられていましたもの」

私はうなずく。もうオーグレン公爵令嬢ときたら、私の言葉の全てを悪く取ろうとしてくるから、近くでうっかり口を滑らせないようにしなければならないのだ。

「にしてもあの方……」

ブレンダ嬢が顎に指をあてて眉をひそめた。

「妙にリネア様にばかりつっかかりますわよね？　伯爵令嬢を下に見るのは元からですけれど……」

彼女がそんなことを言いだしたのは、辺りに私達以外に人がいなくなったからだろう。

エントランスへ向かいながらも、少し人がいない場所を選んで歩いていたから。おそらく、他の人に聞かれたくない話題を出すつもりなのでしょう。

「以前なら、婚約していたアルベルト様のせいだと思ったのですけれど……」

「でも、今は違いますわよね？」

ブレンダ嬢に私はうなずく。

「そこが不可解なのです」

「では……個人的な恨みがあるとか？」

「そもそも接点がないのです。実父が私をパーティーに連れ歩くこともありませんでしたから、あまり知り合いの貴族令嬢も子息も多くありませんし」

私が首をかしげると、ほんわかした令嬢がうでを組む。

「ううう。本当に謎ですね」

「以前の家に恨みがあったのでは？」

心配性な令嬢がそう言うけれど、でもすぐに自分で首を横に振る。

「いえ、それにしてはあまりにも、リネア様自身に恨みがありすぎるような行動……」

そこではっとしたように心配性な令嬢が目を見開いた。

「もしかして、リネア様が覚えていないところで、オーグレン公爵令嬢のプライドを刺激してしまったのでは？　例えばバイオリンだって、オーグレン公爵令嬢は高名な演奏者を教師に招いているると自慢していたのに、リネア様がいつも一番ですし」

「そういうことかしら？」

ブレンダ嬢は首をかしげながらも、でもそれ以上に思いつくこともない。

「逆恨みをどうこうするのは難しそうですね……」

私達は一斉にため息をつくしかなかった。

そうしてエントランスに近づいてきた時だった。

「あの」

そっと歩み寄って来たのは、学院の召使いの女性だった。やや生活に疲れた感じで、私よりずっと年上に見える。

「こちらお預かりしておりました、レーディン伯爵令嬢様にと」

差し出された白い封筒を、私は受け取る。

くるりと返して裏を見れば、ラース様の名前が書かれていた。走り書きのような急いだ文字で。

「ラース様が……？」

中身を見ると、学院の蓮池《はすいけ》で待ち合わせたいと書かれている。そこで話があるらしいが。

この後、公爵家で顔を合わせた時にでも話せばいいのに……。

明らかにラース様からとは思えない内容に、私は首をかしげる。

「どうなさいました？」

ブレンダ嬢が聞いてくれたので、私は手紙をそのまま見せた。彼女もラース様の文字は何度となく目にしているはずだから、本人のものなのか鑑定できると思う。

「ラース様の文字に似ていなくもないですけれど……。学院内で急いで書くというのも、おかしな話ですわね」

それから彼女はふふ、と笑う。

「一緒に行ってみましょうか、リネア様」

ブレンダ嬢が笑みを浮かべてみせた。


断る理由もなく、私はブレンダ嬢と二人で手紙で指定されている場所へ行くことにした。もう二人のブレンダ嬢の友人達には、万が一を考えて帰ってもらう。

この手紙を『作った』人間の身分が、もし高い人だったなら……ちょっと面倒だからだ。

（私やブレンダ嬢なら、ラース様をすぐに頼るという方法があるけれど、彼女達は直接ラース様と交流があるわけではないから）

彼女達の身の安全のためにも、こうするしかない。

私達は、指定された学院の蓮池へやってきた。

そこは、学院の建物を望む広い庭の一画だ。

けれど池の周りには丈高い木などがあり、周囲からは少し切り離されたように感じる。

誰がいるのかは、近づかないとよくわからないのだが。

「ああ……予想の一つ目が当たったようですね」

ブレンダ嬢がつぶやく。

見えたのは白金の髪を巻いた令嬢と、そのいつもの取り巻きの人々。

エレナ・オーグレン公爵令嬢とその一味だ。

「あら、でもあれは……」

ブレンダ嬢が足を止めたのは、一緒にいるのがラース様の従者ノインだったからだ。

なにやら話をしているようだが、ノインの顔に『面倒』の二文字が見える気がする。

「ラース様の従者がなぜ……。エレナ様に絡まれているのかしら」

私のつぶやきに、ブレンダ嬢はうなずく。

「そう考えてもおかしくない雰囲気ですね。用事で来たのでしょうけれど……。従者の身では、さすがに公爵令嬢の話を断れないでしょうし。どうなさいます？」

ブレンダ嬢に、この後の行動について確認される。

エレナ嬢とその仲間が待ち構えているだけなら、このまま二人で立ち向かっただろう。けれどラース様の従者が絡んでいるとなると、話が変わる。

「ラース様にお知らせしていただけますか？」

呼ばれたのは私なので、私さえ行けばエレナ嬢は満足するだろう。そうして話を引き延ばしている間に、ラース様に来ていただくのが一番に思えた。

なにせ従者のノインについては、私に権限がない。だから上手く逃がせない可能性がある。

「わかりました」

ブレンダ嬢は私の意図を察して、すぐにラース様を呼びに行ってくれた。

そして私は、まずエレナ嬢にしばらく話しかけず、隠れておくことにした。時間をかせぐ話をする前に、何を目的に私を呼んだのか情報が欲しかったからだ。

「まだなの!? あのあくどい女は！」

案の定、エレナ嬢は大変お怒りのようです。

「ちゃんと呼んだの!?」

「間違いなく召使いに届けるよう指示いたしました、エレナ様」

いつも一緒にいて公爵家のおこぼれを待っている子爵令嬢が、怯《おび》えた様子で答えていた。

ふむ……やっぱりエレナ嬢が命じて手紙を届けさせたのね。

「文字の違いを察して、偽の手紙だと思われたのではないの？」

「そんな……」

子爵令嬢は涙目だ。どうも彼女がラース様の文字を模写したらしい。

他の令嬢達も不安げに視線をやりとりしている。ややエレナ嬢に非難めいた目つきの人もいた。

家のためにか、自分が有利になるようにと付き従っていても、エレナ嬢の命令が度々理不尽の度が過ぎているのかもしれない。

とはいえ、利益のために誰かを騙《だま》したり（主に私）他の誰かの迷惑になることをしたり（私とか）しているので、正直同情していいのかわからないけれど。

そんな中、ラース様の従者は冷めた表情をしている。

そんなノインに、エレナ嬢は近寄った。

「あのとんでもない女を、ラース様の側に置くのは感心しないわ。しかも、同じ館に住まわせていると聞いたのだけど？　エルヴァスティ伯爵家がどれだけ評判の悪い家なのか、あの女と父親の悪辣さだって、貴族家の従者なら耳にしたことがあるでしょう？　追い出すべきだわ、今すぐにでも。そう思わない？」

この物言い自体は、いつも通りだなと思うけれど、ラース様の従者に同意を求めてどうしたいのかしら？

首をかしげていたら、続きが耳に入って、エレナ嬢の目的が知れる。

「あなたからそっと、ラース様に進言なさい。そうしたらきっとラース様はお考えを変えるでしょうし、あなたに感謝するでしょう。きっと待遇も良くなるわ」

どうやら私の悪口を、ラース様に吹き込ませようとしていたらしい。

ひいてはノインを自分の味方にして、私への攻撃道具にしたいのではないかしら。

しかしノインはじっと黙ったままだ。

「何とか言ったらどうなの？」

その態度にエレナ嬢は苛立《いらだ》った。けれどふっと表情を和らげる。

「そうよね、主《あるじ》に忠言するのは怖いわよね？　でも大丈夫。万が一にも叱責されるようなことがあれば、私の家に来たらいいわ。もっと良い待遇を用意しましてよ？」

誘いかけながら、エレナ嬢はノインに手を伸ばす。エレナ嬢はノインの容姿が整っているから、侍らせる従者にもしたくなったのだろう。そっと頬に触れようとした。

ノインの方は、やっぱり面倒そうな表情のままその手を避《よ》けた。

「申し訳ございません。貴婦人には用もなく触れてはならないと、教育されていますので」

「触れてはならない!?」

エレナ嬢は眉尻を吊《つ》り上げた。

いつもエレナ嬢は気に入った従者にそうして同情を引いたり、ささやかに誘惑をしては家へ勤め替えさせていたのだろう。そしてこの方法に自信があったに違いない。

しかしノインには通じなかったようだ。さらっと応じている。

「そう教育されておりますので、ご容赦ください」

「お給料が上がるのよ!?　何も思わないの!?」

エレナ嬢もこういった人物に会うのは初めてだったようだ。信じられないという表情をしていたが、続くノインの言葉に目を見開いた。

「ラース様こそが至上の主ですので。あの方以上の人を知りません。なので、あの方以外に仕えるつもりはありません」

ぱっと聞くと、ラース様に心酔している従者の忠誠心からの言葉に思える。エレナ嬢の友人達の中には、感嘆の息をもらしている人もいた。

が、エレナ嬢はその真意を理解したようだ。

「私は……ラース様には及ばない程度の人間だと？　この、王子殿下の婚約者候補として名前が挙がるような私を！」

そんな風に言われたことがないせいか、エレナ嬢はかっとなって手を振り上げた。

ノインの方は「仕方ないから片頬を差し出そうか」みたいにちょっと顔をかたむける。

私は慌ててエレナ嬢の方へ数歩進んだ。

「まぁ、これはエレナ様、ごきげんよう。ここにラース様がいらっしゃると聞いたのですが、ご存じありません？」

私はそう言って、慌てて手を下ろしたエレナ嬢を見たのだった。

「あ、あら、リネア様。ごきげんよう」

突然私が現れたせいで、エレナ嬢は動揺したらしい。

慌てた様子で当り障りのない返事をした。正直、今まで彼女と話した中で、一番普通の返事だったんじゃないかしら？　遠くから私が来るのがわかれば、もっと別な言葉を口にしたんだと思うけど、心の準備をしていなかったものね。

「ところでそちらはラース様の従者ではございませんか？」

私は先に指摘する。

「あ、えっと、そ、そうだけど」

ふいを突かれて一瞬慌てたエレナ嬢だったが、すぐに意地悪な自分を取り戻したようだ。

「リネア様、ラース様がいると聞いたとか言いつつ、従者と待ち合わせでもしてたのかしら？」

うふふと笑うが、私の方は（そう来ましたか）という感覚しかない。

それを困惑していると考えたのか、エレナ嬢は私を攻撃してくる。

「ラース様を騙すだけではなく、その従者にも手をつけようとするなんて。どれだけ欲深いのかしら。いくらエルヴァスティの名前を捨てたとはいえ、父親とそう変わりはないようね？」

父親と同じ強欲な人間だと言われたようで、少しカチンとくる。

が、ノインの完全に冷め切った表情と、面倒そうな視線に気づかないエレナ嬢を見て、なんだか少し冷静になった。

真実を知らないからそんな風に言うだけ。

事情を知らないまま、人を悪く言うのは、無知を晒《さら》しているようなものだし、何も考えていない証拠でもある。

エレナ嬢は、私に憐《あわ》れまれていることに気づけるはずもなく、もっと私を貶《おとし》めようとした。

「それとも本命は従者だったのかしら？　学院内の、人目が届かない場所なら誰にも気づかれないものね？　町中ではどこの貴族の従者や使用人が目撃するかわからないし、屋敷内で密会しても同じことでしょうし」

うふふふと笑い、エレナ嬢は続けた。

「その後は駆け落ちでもなさるのかしら？　平民になるなんて、まぁ勇気があること」

それを聞いた私は、（えええ、そんなの嫌だわ）と思った瞬間に、するっと言ってしまう。

「エレナ様は、愛する人を路頭に迷わせたいという願望をお持ちなのですか？」

「……は？」

エレナ嬢は理解できずに、目をまたたく。

あら、ノインもいぶかしげな表情をしているわね？

「私はレーディン伯爵様のご厚意で、養女にしていただいた身。そうでなくとも、貴族令嬢が勝手に家を飛び出しても、個人的な資産もない状態では貧しい民と同然の状態にしかなりません。それに駆け落ちに付き合わされたら、ノイン自身も仕事を失うわけです。貯蓄があるとしても、どんな問題が後々起こるかもわからないですし、貴族の家を飛び出したのですから、同じ職に就くわけにもいかず……二人で路頭に迷うのは必然ですよね？」

当然そうなると思うのだ、私は。

「そんないばらの道へ、愛する人を引きずり込む趣味はないので」

「え……あ……」

エレナ嬢は言葉を失っている。

後ろにいる令嬢達も目を丸くして、ぽかーんと口をあけていた。お行儀が悪いですよ？

ノインはなぜか笑いをこらえるように、口元をふるふるとさせている。目が完全に笑っていた。

そんなに面白いことを言ったかしら？

「そ、ま、ま、まぁそんな駆け落ちだなんて、たとえ話ですし、あなたにそんな勇気はないわよねぇ？」

真っ先に立て直したのはエレナ嬢だった。意外としぶとい。

「もちろん自分に侍らせようと思っているのでしょ？」

そう言うけれど、従者に顔のいい男を選んで侍らせて喜んでいるのはエレナ嬢では？　普通の家の令嬢は、男を側仕えとして置こうなどとは考えない。

万が一にも間違いが起きては困るので、親から渋い表情で諭されるはず。

あと、婚約の時に問題になる可能性もあるわね。政略結婚であれば子供の父親は自分でなければ困る、と考えるでしょう。

そもそも問題があるのでは。

「ノインが忠誠を誓っているのはラース様にです。私はノインの雇い主ではありませんから、そんなことは命じられません」

お客様として礼を尽くしてくれているだけなので、ノインもそんな命令をされたら迷惑なはず。

私の回答に鼻白んだエレナ嬢に、追い打ちをかける人物が現れた。

「ここにいたのか、レーディン伯爵令嬢。スヴァルド公爵閣下がお待ちだ」

黒髪に高い上背。黒の騎士服とマントを身に付けたその人は、ラース様の騎士アシェル様だ。

ブレンダ嬢と一緒にやってきたようだ。

よそ行きの言葉遣いのアシェル様は久しぶりで、なんだか違和感がすごいわね。

ブレンダ嬢は、ラース様よりも先にアシェル様を見つけたようだ。緊急性があるからと、アシェル様を連れて来ることにしたのだろう。

私は感謝を込めて、微笑みをブレンダ嬢に向ける。

ブレンダ嬢も小さくうなずきを返してくれた。

けれどその時、なにかいいことを思いついたように、エレナ嬢が表情を明るくした。

「まぁ、ラース様のところの騎士ではないの」

エレナ嬢は笑みをアシェル様に向ける。

「ちょうどいいわ。ラース様のところへ伺いたいと思っていたの。案内していただけないかしら?」

にこやかにそう頼んだエレナ嬢。

(何をしたいのかと思ったら……。私よりも自分が優先されることを見せつけたいの?)

そうまでして対抗してくることこそ不可解だ。

しかしアシェル様は、綺麗に全てを無視した。

「さ、早く」

何も聞いていなかったかのように、私を急《せ》かす。

まさか。自分の言葉をエレナ嬢が無視したからって、やり返してる？

疑いのまなざしを向けると、アシェル様は「心外な」と言わんばかりに無表情だ。

（これは、ただ面倒だと思っただけなのかも……）

相手にするだけ無駄だとか、そんなことを考えていそうだわ。

そしてエレナ嬢の顔がだんだんと怖くなっていく。

「なによ……騎士の分際で、王家の血を引く公爵家に逆らえるとでも思っているの？」

低い声でそう言ったエレナ嬢は、アシェル様を睨《にら》みつけている。

「従いなさいよ。臣従している家の居候など、放っておけと言っているのよ？」

「これは同じ公爵家の、しかも当主の命令だが？」

振り返ったアシェル様は、意にも介していない。冷たい目でエレナ嬢を見返している。

「今ここにいる公爵家の人間は私だけよ！」

「しかし俺にスヴァルド公爵閣下の下にいるように命じたのは、お前が仕えている王家だが？」

アシェル様の容赦ない言い方に悔しさが募ったのか、エレナ嬢の顔が赤黒くなっていく。そして吐き捨てるように言った。

「アルタージェン？　フォルシアン？　どっちにしろ滅ぼされた国の人間のくせに。どうやって王家に取り入ったのかしらね？」

エレナ嬢にとっては腹いせの言葉なのだろう。それを言うのだから、王家の命令だというアシェル様に抵抗できないと悟ってのことだと思うけど。

（アシェル様、他国の方だったの？）

彼については出自もふくめて良くは知らない。ただただラース様が信頼していて、昔から知っている相手で、私に手を差し伸べてくれる方だから信じていた。

他国出身というのだけが少し気になる。

いえ、それは悪いことではないのだ。

（それもこれも、隣国と通じて国を侵略させようとしてみたり、ちゃっかり自分は他国の人間になって罪を逃れている父の未来を知ったせいよね。アシェル様のせいではないわ）

冷静にそう思いながらも、少しだけ心が揺れたのは、私の弱さかもしれない。

「その辺りは王家に話をしてもらおう」

アシェル様はにべもなく切り捨てた。

王家が決めたことなんだから、王家と話せばいいだろう。王家に近い公爵家の娘だと威張るのなら、それぐらいできるだろう？　という言外の含みを感じる。

アシェル様は短い言葉しか口にしていないのに。

一方のエレナ嬢は、なぜか薄笑いを口元に浮かべていた。

なんだか危険な感じがして、思わずエレナ嬢に何か言わなくてはと思った私は、ハッと気づく。

私……昔はこんな行動をしようとも思わなかった。

そもそも話したところで、エレナ嬢が自分の話を理解してくれるとは思いもしなかったのだ。むしろ違う言語を話す、別の国の人のように考えていて、話しても無駄だと諦めきっていたのに。

(いつのまにか、前向きになってたんだ)

そんなことに気づく。

それからエレナ嬢には何も言うまいと、考え直した。

彼女は私が何を言ったところで、理解したいとは思わないだろう。以前の私同様に、私が自分の言葉を理解する生き物だとは思っていない節がある。

余計に怒らせて、アシェル様に迷惑をかけてはいけない。

「それでは失礼しますね」

エレナ嬢が何も言わないのをいいことに、私はノインに手招きし、急いでアシェル様とともに立ち去った。

エレナ嬢が何も言わなかったことの方が、ちょっと不気味だと感じながら。

少し離れた場所にいたブレンダ嬢に礼を言い、私はアシェル様と一緒に馬車に乗る。

事情を聞きたいからと、ノインも中に入るように促したので、今日は三人で向かい合って乗車した。

「アシェル様、ご迷惑をおかけいたしました」

まずは救いに来てくれたアシェル様にお礼を伝えた。

「いや、お前の保護はラースから頼まれてることだ。気にするな」

ぶっきらぼうにそう返されて、私は思わず微笑んでしまう。

この言い方も、彼にとって照れ隠しなのかもしれない、と思うから。自分が不器用な方だからこそ、素直に言えないことにちょっとした共感を覚えてしまうのだ。

「ノインはどうしてあちらにいたのですか？　もしかして、私のことに巻き込まれたのでは……」

次はノインに事情を聞く。

「公爵閣下のお命じに従って院内にいたのですが、そんな私をダシにしてリネア様をおびき寄せようとしたのかと思われます」

完全に私のとばっちりを受けた形だ。申し訳ないと思っていたが、

「どうにか避けられなかったのか、ノイン」

アシェル様はそんなノインに苦言を口にする。

「そんな、無理ですアシェル様。身分が上の者を避けるなんて」

見つかって声をかけられてしまったら、それまでだ。しかし私を止めたのはノインだ。

「いいえ、私の油断です。彼女一人ぐらいどうにかして避けられたものを、うっかり捕まるような真似をしたのですから。それに……」

ノインはちらりと笑みを見せた。

「聞こえなかったフリをして無視をしたところで、公爵閣下にあの令嬢が何かできるはずもありません」

「左様でございましたね……」

ラース様には、エレナ嬢も手出しできない。

彼は公爵閣下で、王位継承権もある人。同等の公爵家の人間でも、エレナ嬢は娘でしかない。彼女は個人的な嫌がらせぐらいしかできないし、ラース様にそんなことをしたらエレナ嬢は敵だらけになるだろう。

（貴族にも神殿にも、ラース様は聖花菓子の関係で沢山の繋がりを持っているのだから）

お菓子公爵と呼ばれているのは伊達《だて》ではない。変わった人なのはたしかだけれど、私の叔父様みたいにラース様から特別な聖花菓子を買う人は多いのだ。

特に貴族は、ステータスのために高価なものを無理してでも欲しがるのだから。

きっとエレナ嬢の父公爵も、ラース様にはお世話になったことがあるはず。

「ですから、私の失敗のせいですので、お気になさらずに」

そう言ってくれるノインに、私は「ありがとう」と答えた。

「アシェル様も、あらためて申し訳ありませんでした。私だけで対応できればよかったのですけれど」

身分的にも、自分の味方の少なさから言っても、私一人ではどうにもできないことが歯がゆい。スキルを使えばどうにかできるとはいえ、おおっぴらにしたくないので、身動きできないのだ。

「君はあまりにも周囲を気にし過ぎだ」

アシェル様はため息まじりに言う。

「気にし過ぎ……でしょうか？」

けれど謙虚でいなければ、スキルの他には何も持たない、そのスキルすら使って役に立てない私では足手まといすぎて申し訳ないと思ったのだが……。

「誰しも周囲に迷惑をかけて生きている。それに君を援助すると一度決めた時に、こういうことが起こるのは想定済みだ。むしろ避けさせられなかったことは、こちらの失敗でもある。だから」

アシェル様が私に目を向けた。

「今度から怪しい手紙が来たら、相手を待たせてでもラースか俺を呼べ」

「……はい、わかりました」

私はうなずく。

でも納得していなくて、アシェル様に悪いと思ってうなずいただけだとすぐに見抜かれたようで、説明されてしまった。

「君はラースの研究に必要な人材だ。そしてラースの研究は、あいつの人生を費やすような切実なもので……。だからこそラースは君を見放したりはしない。そもそも、懐に入れると決めたら、多少わがままにふるまったところで、手のひらを返すような奴《やつ》ではない。俺も……ラースにとってはそういう存在だ」

アシェル様はもう少しだけ語ってくれる。

「俺が異国の生まれなのは本当だ。複雑な血筋のせいで、誰もが引き受けるのを嫌がったが、あいつは俺を受け入れた。そんなお人よしの手伝いを、俺は長年続けているんだ。今さら一つ二つ迷惑をかけられたぐらい、気にもならない。いちいち謝られる方が面倒だ」

私は、アシェル様が自分を励ましてくれているんだ、と感じた。

ぶっきらぼうで、わかりにくいけど優しい人だ。

そのアシェル様が言うのだから、と納得できたので。

「はい、今度は納得いたしました」

ちょっと笑って返すことができたのだった。

閑話 1

「へらへらした顔をして……っ」

リネアを思い出す度にいらだつ。

父親がアルベルトとのことを認めてくれず、王子との婚約をすすめている今の現状もそうだ。

結婚相手が王子だったのはいい。本人にあまり好かれていないことや、あからさまに邪険にされることを除けば。ゆくゆくは王妃になることを思えば、エレナの自尊心を満たしてくれる。

そう、結婚相手などどうでもいいのだ。

あれだけエレナを邪魔者扱いする王子なら、エレナが誰と親しくしようと放置するだろう。

「王族らしい火遊びならば」

王妃のサロンに貴族男性を招くことも、おかしなことではない。

その貴族男性と親しすぎる間柄になっても、はらんだ子さえ養子に出せば良い。

貴族的な教育に染まっているエレナは、それをおかしいこととは思わない。

それでも、好きな相手を自分だけのものにすることは、諦めきれない。

「アルベルト様……。あなたはどうして、私に助けを求めてくださらなかったの」

いつのまにか、アルベルトはエルヴァスティ伯爵令嬢リネアの婚約者になってしまっていた。

父を責めると、「お前はいずれ王妃になって、アルベルトを手中に収めればいい」と言われてしまう。

でも知っているのだ。

領地の収入が想定より上向かなかったから、アルベルトの家に資金提供ができないことも。

そもそもエレナがアルベルトを心底気に入っているとしても、公爵令嬢に伯爵家のアルベルトが求婚するのは、かなり壁が高いことも……。

「私が高嶺《たかね》の花だから」

エレナはそんな風に自分のことをなぐさめていた。

そしていら立ちを、アルベルトを手に入れたリネアにぶつけていたのだ。

自分の欲しいものを手に入れた女。

きっとアルベルトが恋しくて、血も涙もないと言われる父親に頼んだのだろう。

——もちろんエレナは、事実など見ていない。エルヴァスティ伯爵の方が与《くみ》しやすいと思ったからこそ、アルベルトの父親が結婚の話を持ち掛けたことも。

王子との結婚話が持ち上がってもおかしくないエレナに、家が傾きそうになっている伯爵家が結婚話などできないことだって、自分に都合が悪いので考えないようにしていた。

けれどエレナは、礼儀作法以外では蝶《ちょう》よ花よと育てられ、決して平民になど目を向けないように、差別意識を植え付けられている。

王家の次に自分は身分が高く、優先されねばならない人間。そう思って生きて来たエレナは、自分より下のリネアに出し抜かれたという思いでいっぱいなのだ。

なぜ、身分の高い自分が、欲しいものを手に入れられないのかと。

「ラース様さえ邪魔しなければ」

王位継承権を持つラースは、エレナの中でも別格だ。聖花に関連して神殿とも関係が深いことも知っている。

そんな人物に匿《かくま》われるなんて、リネアはなんという悪女だろうか。

エレナは本心からそう思っていた。

「ヘルクヴィスト伯爵は、婚約破棄をした覚えはないと言っているらしいし。でも庇護《ひご》された上で、悪名高い家から別の家の養女になるのよ。きっとラース様を籠絡《ろうらく》して、結婚する話になっているんだわ。そんな風に幸せになるなんて、許さない」

エレナは人差し指の爪をかじりながら考える。

あの苛立《いらだ》つリネアを、どうにかして地の底に叩《たた》き落としたい。

「結婚できないようになれば……いえ、そもそも消してしまえば……」

とはいえ、エレナとて自分が手を下すのは得策ではないと知っている。

何か方法はないかと考えていたその時、茶色の髪の従者が部屋に入ってきた。エレナより一つ二つ年下の彼は、長年仕えている従者ディオルだ。

たまさか、父が粗相をしたからと捨てようとしたところで、顔が気に入って自分のものにしたところ、たいそう懐いてくれた。

「エレナ様ただいま戻りました」

「何か報告できそうなことはあったの？」

エレナはため息混じりに問いかける。ディオルにはずっとアルベルトの家を探らせている。主にアルベルトが自分に興味を持っていないか、もしくはアルベルトを振り向かせることができる材料が欲しかったからだ。

でもこの数ヶ月、いい話は何一つない。今回も同じだと思っていたが。

「それが……エレナ様。少しお耳に入れたいことがありまして」

「何なの？」

「以前からヘルクヴィスト伯爵の家の者が、王都の西の森に出入りしていましたが、どうやらその者は、エルヴァスティ伯爵家にも出入りしているようなのです」

エレナは顔をしかめた。

「エルヴァスティ伯爵家に？　追跡したのでしょうね？」

「もちろんでございます」

ディオルはうなずく。

「その者はエルヴァスティ伯爵に会い……どうやら三年前のあの一件に絡んでいるらしい話をして

おりました」

「三年前……」

それはミシェリアの伯爵家が没落した年。

別の言い方をするのなら、エルヴァスティ伯爵家とオーグレン公爵家によってアレリード伯爵家が潰された時のことだ。

「どうも三年前にヘルクヴィスト伯爵家は、密《ひそ》かにあの一件に関わって、あれを手に入れていたようです」

「……魔獣」

「左様でございます」

答えたエレナに、ディオルは頭を下げる。

魔獣、それは人よりも大きく、高い戦闘能力を持つ獣だ。

どうしてそんなものが誕生するのか、エレナには分からない。が、世界の裏側では密やかに魔獣を集め、様々な陰謀に使っていると言われている。

魔獣は剣で刺してもなかなか死なない。倒すには相当な時間と、何人もの犠牲が必要になる。もしくは魔法を使うしかない。

そして三年前まで、アレリード伯爵家の土地に魔獣が存在していたのだ。

「まさか……。だとするとエルヴァスティ伯爵家から必要なものを供給してもらっているということ？」

魔獣は維持するにもおとなしくさせるにも、特別な飼料が必要になる。

家計が火の車という噂《うわさ》のヘルクヴィスト伯爵家では、それを用意し続けられるとは思えない。

「だから……リネアと婚約してまで、あの伯爵家からお金を借りていたのね」

むしろお金を借りるという建て前で、魔獣に関わる物を受け取っていたのだろう。

エレナはようやく、ヘルクヴィスト伯爵がなんとしてでもリネアとの婚約を継続しようとしている理由を理解した。

「それならばやりようがあるわ」

エレナは頭の中で計画を練る。

アルベルトを救うための計画を。

「まずは……アルベルト様をも取り込まなければならないわ。レイルズを呼んで」

エレナは従者の中で最も顔がいいレイルズを連れて来させた。

自分の取り巻きをしている令嬢から、譲り受けた従者だ。愛想はいまいちだが、飾っておくにはそれでも十分なので、許している。が、あまり従わなければ捨てればいいとは思っていた。

ここで一度、レイルズの忠誠心を試すのもいいだろう。

自分の前に進み出て、膝をついたレイルズに、エレナは微笑《ほほえ》みながら告げた。

「あなた、召使いを一人誘惑しなさい」

「誘惑ですか？」

金の髪のレイルズは、美しい顔を曇らせた。

「申し訳ございませんお嬢様。私には、お嬢様以外にはそんなこと……」

「主《あるじ》の命令が聞けないの？　そんな反抗的な人間だったなんて、あなたを教育したお家はどうなっているのかしら？　じっくりお話しして、反省していただかなくては」

エレナの言葉に、彼は表情を消した。前の主のことを、まだ気にしているらしい。そうわかったエレナはますます笑みが深くなる。

「……おおせに従います」

深く一礼するレイルズに、エレナは満足する。

レイルズに命じたことが成功したら、色々しなければならなくなる。

「忙しくなるわ」

つぶやいて、エレナは楽しい未来を心に思い描いていた。

二章　お茶会と新しい交流と

スヴァルド公爵邸へ到着すると、なぜかそわそわとした雰囲気があった。

召使い達《たち》が、パタパタと忙《せわ》しなく動いている。スヴァルド公爵家では珍しいことだ。

出迎えに来ていた公爵家の家令グスタフに尋ねる。

「なにかあったのですか？」

「急遽《きゅうきょ》、王宮からパーティーの招待状が参りまして。公爵閣下にぜひ出席をとのことで、使者として王の侍従長が直接招待状を持参して来たのです。その応対の片づけでやや忙しない状態になっておりました。お嬢様を不安にさせてしまい、失礼いたしました」

「気にしないで、ちょっと気になっただけだから」

でもパーティーの招待状を、侍従が持って来るなんてめずらしい。たいていは使者として騎士などが手紙を運んで来て終了なのに。

「日が差し迫っての招待なので、国王陛下も配慮されたのでしょう」

グスタフは好々爺《こうこうや》の笑みでそんなことを言うけれど、普通の貴族の家に、わざわざ侍従長が来ることはない。

たしかに一週間前というのは急だけど、ラース様が重要な人だと思われている上、どうしても参加してほしいからこその対応だろう。

「ああ、パーティーの話を聞いているんですね？」

そこに、ラース様本人がやってきた。

少し前まで侍従長の応対をしていたからか、いつも自邸で着ている物より、上等の上着を身に付けている。今日の白や灰色で統一した装いも、ラース様に聖者のように高潔な印象を加えていた。

「リネア嬢の準備についてはどうですか？」

「いえ、まだでございます」

ラース様の問いに答えたグスタフは、近づく彼に遠慮するようにスッと後ろに下がる。

「リネア嬢、頼みがあるんです」

「なんなりと」

ラース様のお願いならば、私に否はない。理不尽なことをおっしゃらない人だとわかっているからこそだ。

「一週間後のパーティーに、一緒に出席してほしいのです」

「王宮の、ですよね？」

成人した男女を集めてのデビュタントに出席したっきりの王宮のパーティー。

ラース様が提案するのだから、理由があってのことだとは思うが。

「そう。同伴者が必要なのですが、ぜひ同伴者として君を、という話が出ていまして」

「私を……」

王家からも嫌われるエルヴァスティ伯爵家の娘が、なぜか養女になった。それを聞いたから、興味本位で呼びたいのか……それとも大勢の前で笑ってやろうと思ったのか。

でもラース様の同伴者として呼ぶのなら、私を笑うなんてできないはずだけど。

王家の意図が分からない私に、ラース様は笑う。

「あまり深く考えなくていいんですよ。おそらくは興味本位ですからね。僕が庇護《ひご》したことで、あなたを観察したくなったのでしょう。僕の方としては……」

そこでラース様はちょっと人が悪そうな表情になる。

「それを利用して、あなたの仲間を増やしておくことも考えています」

「あ、たしかに」

王宮のパーティーなら、それなりに勢力を持っている貴族が多く出席する。

しかもラース様の伝手《つて》で私に好意的に接してくれる人も多く、良い印象を与える機会もあるだろう。

「……ただ、実父の被害に遭われた方がいると、なかなか難しそうな気がいたします。特に王家の方々は」

実父は王家にも喧嘩《けんか》を売っている。だから王家の人々としては、多少なりとも私に嫌みの一つでも言いたいのかもしれない。

わざわざラース様をパーティーに呼んでまで、と思うけれど、そういう方法でも近くに接する場所に呼んでさえしまえば、迂遠《うえん》な言い方ながらも、脅しや嫌みを言えると考えるのが、王侯貴族だ。実に面倒だし、マイナスしか生み出さない気がするけれど。

そうでもしないと気持ちが治まらない人間もいるのだ、というところが厄介で。

（それで気持ちが治まった方がいいこともあるのよね……）

人間、ため込むと良くない。暴発して、おかしなことになる場合も多いのだ。だから私は、言い返すこともなく黙っていることも多かった。

「大丈夫です。僕が必ず守りましょう。クヴァシルも出席するので味方も一人だけではありませんから」

そこまで言ってくれるならと、私は笑顔でラース様に返事をする。

「わかりました。出席いたします」

「よかった。それにしても、ずいぶん帰りが遅かったようですが、なにかありましたか？　ノインまで一緒に帰ってくるというのも珍しいですね」

そうだ、ノインはラース様のご用事で学院にいたのに、一緒に帰って良かったのだろうか？

ノインに謝ろうとしたところで、先にノインの方がラース様に報告してしまう。

「申し訳ございません、私がエレナ・オーグレン公爵令嬢に捕まってしまいまして。リネア様のお手をわずらわせてしまったのです」

「捕まった?」

ラース様の表情が曇る。

困らせたくなかったが、報告しないわけにはいかないだろう。私は説明することにした。

「エレナ嬢が私を困らせようとして、ノインを利用したのです。エレナ嬢は私の悪い噂《うわさ》を作りだしたくて、ノインと私が逢引《あいび》きをしているという状況を無理やり作ろうとしていたようです。でも、アシェル様にも助けていただきまして、無事に帰ることができました」

問題はあったけれど、それは解消されたと伝えたものの、ラース様は無表情でノインに尋ねる。

「お前なら、あの令嬢ごときに捕まらないと思っていたのですが?」

「気を抜いてしまっていたようです、申し訳ございません」

ノインは余計な言い訳も口にせず、ただ謝罪する。

と、そこでアシェル様が笑う。

「それにしてもリネア嬢の受け答えは面白かった。あの高慢令嬢の拍子抜けしたような顔など、そうそう見られるものではないからな」

ん? 何か言ったかしら私?

わかっていないらしい私と、何があったのかと興味を引かれた様子のラース様に、アシェル様が話す。

「『エレナ様は、愛する人を路頭に迷わせたいという願望をお持ちなのですか?』だったか」

「あ」

その言葉はたしかに言った。

アシェル様が来る前のことだったけど、彼はこっそり聞いていたようだ。

「エレナ様が、駆け落ちして平民にでもなるのか、と決めつけて来るものですから……。そんなことをされたら、職を失うノインが迷惑ではないかと思って」

「…………くっ」

聞いたラース様が、こらえきれないように吹き出した。

横で聞いていたノインも、口元がまたむずむずしている様子。

「そんなにおかしいでしょうか？　ノインは私の配下ではないし、彼を雇う個人資産も持っていません。うっかり同意したら、二人で路頭に迷う未来しか見えないのです。貴族の家に仕えたら、私のことがバレてしまうからできませんし。仮に私からそんな提案をされても迷惑でしょうし、断るのも大変でしょう？　そういう意味でも迷惑ではないかと思ったのですが」

説明していると、ノインが笑うのをこらえた表情ながら、楽しそうに一礼する。

「もし御本心から私を望まれているのでしたら、私はついて行ってしまったかもしれません、リネア様。そこまで真剣に私のことなどを考えてくださって、感激しております」

「だめよノイン、そんなちょっと面白そうだからって気持ちで、駆け落ちなんてするものではないわ。平民の生活なんてろくにわからないし、料理もできない私だもの。掃除だけはカティに少し習ったけど、それでお金を稼げるとは思えないわ。貧しい暮らしをさせてしまうことになるのよ」

そこで、堪《こら》えきれずにアシェル様が笑い出す。

面前で堂々と笑うのは気の毒だと思ったのか、少し離れて壁に向かって笑い出した。

なんでそこまで笑うんですか？

「な、なんで自分が養うつもりになってるんだ」

笑い声の合間に、切れ切れに聞こえたのはそんな言葉だったけど。

「このパターンで駆け落ちをしたら、責任をとるべきは私では？」

「いえ、さすがに男の方もどうにかすべきだと思いましたよ。一緒に駆け落ちをしたら共犯ですからね。提案者一人が責任を負うような話……では……くくく」

応じながら、またノインが笑う。

すると笑いを堪えすぎて、目の端ににじんだ涙を指で拭いつつ、ラース様が言う。

「君は庇護したくなるような素敵な人ですから、君自身が相手を養わなくても、君に貢ぎたい人は沢山いますよ」

「そうでしょうか？」

私はこの十六年、ずっと嫌われ続けてきたのですが。

嫌われることに、財力も、衣服の良さも、謙虚な態度や礼儀作法さえ関係ないことは、すでに学習済み。たとえ平民になったとしても、どんな言いがかりをつけられるかわからないと思っているのに。

でもラース様は、優しい笑みで「大丈夫」と続ける。

「僕もあなたに貢ぎたい者の一人ですよ。そうそう、部屋に装飾品をいくつか届けさせています。ドレスに合わせるにも一つ二つでは足りませんからね。美しい君の瞳のような緑のエメラルドや、どんなドレスにも合わせやすいダイヤを金と銀それぞれを使って作らせたものがありますので、確認してください」

「……え」

エメラルド？　ダイヤ？

「そんな、何種類もいただくわけには。家から持って来た物もありますので……」

ただでさえ居候の上、厄介ごとを持ち込んだ人間なのに。

そう思って言ったら、ラース様の指先が触れて、口の動きが封じられた。

「君を飾りたくて、用意させたものなんですよ。いらないだなんて悲しいことを言わないでください。ね？」

「私を飾っても……」

あんまり楽しいことにはならないと思うのに。

「あなたは十分綺麗《きれい》ですよリネア。できることなら、あなたの部屋を聖花で埋め尽くしてしまいたいほどに」

ラース様の言葉に、私は目を丸くする。

自分がそんな美辞麗句で表現されるような人間だと思えない。なのに彼は、心底私を美しいものと信じている目を向けてくるのだ。

どう言葉を返していいのかわからないうちに、ラース様は「それでは、また夕食の時に」と言って立ち去ってしまう。

私はしばらくそこに立ち尽くしそうになったけれど、出迎えてくれたカティに促されて、部屋へ行くことにした。

妙なことを言われてしまったけれど……きっと冗談ね。

歩きながら私はそう思い直す。なんとか私に快く受け取ってもらおうとして、あんな風に言ってくれただけよ。

だから、間違えないようにしなくては。

決してラース様の甘い言葉を、真に受けてはいけない。そう自分に言い聞かせた。

※※※

パーティーへ行くための準備は、その後が大変だった。なにせ準備が必要なのはほぼ私だけ。

男性はよほど着道楽じゃないと、いちいち毎回違う衣装を作らなくてもなんとかなる。形にそれほど種類がないので、いくつか色や素材を変えて揃《そろ》えておけば、足りてしまうのだ。色や素材など、流行が変わると直すこともあるが。

そしてラース様の場合、予《あらかじ》め急な外出に備えて、衣装を直したり新調したりを定期的に行っているらしい。

で、私の方はそうはいかない。

そもそも、女性のドレスは印象を変えられるほど手直しすると、時間がかかる。新しく作ろうものなら、もっと時間が必要。

しかも一週間後だ。

どうしようかと頭を悩ませたけれど、問題はすぐに解決する。

スヴァルド公爵家の家政長イレイナが、レーディン伯爵が作らせたドレスと、ラース様が作らせたドレスのどちらにしますか？　と聞いてきたのだ。

「え、二つも!?」

夜のパーティーへ来て行けるドレスは、そう沢山作る物ではない。流行が細かに変わってしまうから。

それに、想像以上に穏便に養女に出たおかげで、実家のドレスを持ち出せた私だったけれど、エルヴァスティ伯爵家にいた頃はパーティーへ行くはずもないので、昼用のドレスしかない状態だった。

よって、私は新たに作るしかないと思っていたのだ。

でも知らないうちに、すでに二着も仕立てていたらしい。しかも二つとも、パーティーの三日前ぐらいには仕上がってくるのだとか。

驚く私に、家政長のイレイナは微笑《ほほえ》む。

「レーディン伯爵様は、養女に迎えられたリネア様のお披露目を兼ねて、どこかのパーティーへの出席をお考えだったようですね。実は二着ほど仕立てを依頼されていて、そのうちの一つが先に出来上がるということですわ」

「レーディン伯爵が……なんてお優しい」

私は胸がいっぱいになりそうになる。

厄介者を養女に迎えて優しくしてくれるだけではなく、正式な娘としてきちんと周囲に知らせようとしていたのだ。自分の娘として遇し続ける覚悟があるだけではなく、伯爵なりに愛情を示そうとしてくれているのだと思う。

そんな神様のような方がいるとは思わなかったので、なおさら私は感動した。

「ラース様の方は、このような形ではなくとも、リネア様をパーティーへ同伴されるつもりでいたようです。ですので、すでに三着ほど仕立ての依頼を出していまして、こちらも一着が最初に届くのが、ちょうどパーティーの三日前になるのでございます、お嬢様。もちろんお茶会への出席もお考えで、昼のドレスの方もいくつか新しいものが間もなく届く予定になっております」

「そんな風に配慮していただいていたのね。なんてお礼を申し上げたらいいのか……」

ラース様は、最初から私に仲間を作らせるべく、あちこちのパーティーや会食などへ連れて行ってくださるつもりだったのだ。

聖花に関わるお仕事に、公爵閣下としてのお仕事、そして学院にも顔を出さねばならないのでお忙しいでしょうに。一緒にパーティーへ行ってくださるのは、心強いけれど、申し訳ない気もする。

「大丈夫です、お嬢様。ラース様はけっこう楽しんでいらっしゃるようですもの」

「楽しい、でしょうか？」

「もちろんです」

イレイナは嘘偽《うそいつわ》りなさそうな笑みを浮かべた。

「意外と、企《たくら》むことがお好きですから」

そう言ってくれるのなら、と私は思うことにする。

あまり気負ってぐずぐずしていては、せっかく心を尽くして用意をしてくださったラース様にも悪い。

「それで、どちらにされます？」

イレイナがどちらのドレスを着るか再度尋ねた。

「実物を見てからにします」

さすがに、実物を比べて、どちらが場に合うかを定めてもいいだろう。

※※※

ドレスが出来上がるまで、まだ日にちがある。

その間も私は学院へ通い続けなくてはならない。

ブレンダ嬢という友人ができて、学院生活はとても楽なものになったけれど、生来の考えすぎる性格のせいなのか、私はなかなか人脈を広げられずにいた。

このままではいけないと思っていたその時、ラース様に提案されていたのか、ブレンダ嬢が学院内でのお茶会をしようと誘ってくれた。

「学院内でお茶会……」

できることは知っていたけれど、招く相手も、招いてくれる相手もいないので、一度も経験がない。

私は恥を忍んで、それを告白した。

「ごめんなさい、一度もそういったお茶会をしたことがないものだから、準備は何をしたらいいのか、どう手伝ったらいいのかわからないの。教えてくれるかしら？」

「もちろんですわリネア様」

ブレンダ嬢はにこやかに微笑んでくれる。

と言っても、準備はそれほど難しいものではなかった。

学院に、お茶会をする日時を申請し、飾る花の種類や出すお茶の種類、用意するお菓子を持参するのか、それとも学院で作らせるのかなどを打ち合わせるだけ。

私達が自分でするのは、招待者に渡すカードを作る作業だ。

一枚一枚カードに文字を書くのは、なかなかに緊張する。

「ではこれを、私の方で招待したい方々にお配りしておきますね。皆さんは当日、打ち合わせた通りの色のドレスで登校してきてください」

「わかりました」

もうこれだけで準備は完了。

後は三日後のお茶会を待つばかりになる。


当日は、ブレンダ嬢達と同じ水色のドレスを着た。

とはいっても、私が最初に考えていたドレスではない。いつのまにかクローゼットの中に増えていたドレスだ。

カティがそれを出してきて「ぜひ、こちらになさいませお嬢様」と言ったのだ。

「そのドレスは？　見覚えがないのだけど」

「公爵閣下が作らせていらっしゃったドレスだそうです。学院へ通うのにも、衣服は沢山必要だからと、昼用のドレスもご用意くださったそうですよ」

「なんてこと……」

パーティー用のドレス以外にも、普段着るドレスを作ってもらってしまっていたのだ。

私は朝食の席で、改めてラース様にお礼を申し上げた。

「こんなにいくつもドレスを頂いてしまって……。本当にありがとうございます」

水色のドレスを着て朝食の席に現れた私を、ラース様は満足げな表情で見る。

「着てくれてよかった。とてもよくお似合いですよリネア嬢。風の吹き渡る美しい空の色は、きっとあなたの美しさを引き立ててくれると思っていました」

歯の浮くような台詞《せりふ》に、「うっ」と言葉に詰まりそうになったけれど、これは言っておかなくてはと、私は頑張って自分の気持ちを伝えた。

「でもそんなにお気になさらないでください。エルヴァスティ家にいた時には、季節ごとに一枚作るぐらいで十分間に合っていたのです」

だから私にお金をかけなくてもいいんです。そんな風に伝えたつもりだったのに。

ラース様は絶句した。表情もこわばってしまう。

「季節ごとに……」

「あの……？」

「リネア嬢、ここにいる間は決してそんな惨めな思いはさせません。あなたの養父になったレーディン伯爵も、普通の貴族の令嬢らしく笑顔で着飾ることを望んでいらっしゃるはずです」

私はどう答えたら良いのか分からず、なんとかお礼だけ伝えた。

「あ、ありがとうございます」

内心では、自分に同情して力の限り褒めてくれているのだろうと思いながら。


さて、その日も心配したようなことは何も起こらず、無事にお茶会の時間になった。

場所は学院の庭を望む一室。

白壁に桜色の装飾が施され、花が描かれたその部屋は、二十人入ればいっぱいになってしまうような小さな部屋だったけれど、今回のお茶会には十分だった。

なにせ今まで、ほとんど人と交流してこなかった私のために、お茶会は少人数で行われたからだ。

参加者は私とブレンダ嬢、ほんわかとした令嬢トリシアと、やや心配症な令嬢ロジーナ。そしてラース様とエルネスト様、さらに学院では久々に会うクヴァシル。すでに名前を知っているメンバーと自分を加えたこの七人の他に、三人だけ招待をしたのだ。

十人ならこの部屋でも広いぐらいだ。

部屋の中央には真っ白なクロスをひいた円形のテーブルが置かれ、依頼した通りのお菓子や軽食が並んでいる。

まずは昼食の時間でもあるので、簡単につまめるクラッカーやピクルス、クリームチーズやちょっとしたお肉、そしてサラダが並んでいる。

それとは別に三つあるケーキスタンドには、ベリーやチョコレートムースのケーキや、アップルパイ、香ばしい匂いをさせるクッキーが載せられていた。

何より私が初対面の三人が一番驚いたのは、ケーキスタンドの一番上に飾るように置かれた、飴《あめ》細《ざい》工《く》のような聖花菓子だった。

黄色の透き通るような菓子は、銀色のキラキラとした輝きが閉じ込められていて、とても綺麗だった。

「素晴らしいね。まるでガラス細工のようだ」

お菓子をまじまじと見ているのは、大きな黒縁のメガネをかけた少年。セイリズ子爵家の子息、クラウスだ。日に当たることが少なそうな白い肌といい、ひょろっとした体形からして、研究者のように見える。

「光に溶けてしまいそうな蜜の色。美味《おい》しそう。今すぐにでも食べてしまいたいわ」

隣に立つのは、ややぽっちゃりとした少女。侯爵令嬢のアリサだ。

「もう、アリサったら食いしん坊なんだから」

微笑ましそうにアリサを見ているのは、彼女の一番の仲良しだと言う伯爵令嬢エヴァ。

「さあ、お座りになって、今お茶を運ばせますから」

ブレンダ嬢の声掛けで、三人も着席する。

その様子を見て、部屋の隅に控えていたスヴァルド公爵家の召使い達が、お茶を給仕していく。

「今日はようこそお越しくださいました、クラウス様、アリサ様、エヴァ様」

「こちらこそ招待してくれてありがとう」

ブレンダ嬢の挨拶に応じたのは、クラウス様だ。

「噂のレーディン伯爵令嬢と話してみたいと思っていたので、あなたのお茶会に招待していただいてとても嬉《うれ》しい」

彼はとても率直な人のようだ。普通なら避けるだろう、自分が参加した目的について本音をあけっぴろげに口にしたのだから。

でもそれはクラウス様らしい言動だったようだ。隣にいたアリサ様がたしなめた。

「またそんな、あからさまな言い方をして……。ごめんなさいねリネア様、代わりに私が謝りますわ。クラウスは私の親戚なのです。弟のようなもので……」

クラウス様がアリサ様の親戚だとは、私も知ってはいた。けれどこんなに仲が良いとは思っていなかった。ちょっと微笑ましい。

「でも、本当は私もリネア様とお話ししてみたかったんです」

付け加えられたアリサ様の本音に、全員が笑いを漏らす。

「あなたのお父様が怖くて近づけずにいたのですが、ずっと聞いてみたいことがあったんです」

アリサ様がずいっと身を乗り出して言う。とても深刻そうな表情だ。

何かものすごく真剣な話だろう。そう思って私も姿勢を正したのだけど。

「お菓子好きだと聞いていたのですが、どうやってその体形を維持していらっしゃるの？」

「え？」

すると横からロジーナ様も同意した。

「そうそう、私もお聞きしたかったわ。学院でも、時々お菓子をつまんでいる姿を見ていたので、あれだけ食べていたら私だったら太ってしまうのにと、思っていたんですが。もしかしてリネア様は、古《いにしえ》の女王のように聖花菓子ばかりを口にしていたのでしょうか？」

「ええと……」

私が学院で食べていたのは、たいていは焼き菓子だったような気がする。

たしかに聖花菓子は、焼き菓子でも作れる。立体的な花の形のクッキーは、ほんのりとした甘みを感じ、さっくりとした口当たりも楽しいお菓子だ。

しかし「違う」とはっきり言っていいものなのかどうか。

女性は得てして体重の維持に熱心だ。あまり増えると、せっかく作ったドレスが着られなくなるし、体形も崩れてしまう。

後、男性はやはり少々ほっそりとした女性が好みの人が多い。そのためアリサ嬢はダイエットをしたいと考えているのだろう。

数秒悩んだ末に、私は答えた。

「あれは普通のお菓子なんです。あまり太らなかったのは、幸いにも私の趣味が乗馬だったことと、自分の部屋でじっとしているのも気詰まりで、よく庭を歩き回っていたせいかもしれません。……ええと、アリサ様やロジーナ様は、何かご趣味をお持ちですか？」

このままではあまり楽しくない、私の実家の話になってしまいそうで、強引に趣味の話に変える。

すると、アリサ様がぱっと顔を輝かせた。

「私は本を読むのが好きなんです。でもお堅い本は難しくて、劇になるようなお話ばかり読んでおります」

「恋愛ものとか好きだものね。僕にはよくわからないけれど」

ようやく口を挟む隙を見つけたのか、クラウス様がそう言ってお茶に口をつけ、エルネスト様がうなずく。

「女性は恋愛ものが好きですからね。うちの母もよく読んでいるようですよ」

「恋愛ものばかりだけではないわ、先日読んだのは、英雄物語だったかしら」

「もしかして、勇者アデルのお話ですか？」

私の言葉に、アリサ様がものすごく嬉しそうにうなずいた。

「そうです！　リネア様もお読みになったの？」

「私もその本、拝見しましたわ」

「トリシア様に借りて私も読みました！」

ブレンダ様達も同じ本を読んだことがあったようで、それから女性達で本の話で盛り上がってしまった。

男性達は男性達で話し出す。

「君も、英雄物語は好きなんじゃなかった？」

クヴァシルに尋ねられたクラウス様が、眼鏡の位置を直す。

「読んだけど、あの話はちょっと好みと違ってて。もっと頭脳戦が見たかったんだけど」

あれは感動物だったので、たしかに好みとは違ったかもしれない……。

こっそり横で聞いていて、私はそんなことを思う。

「僕も読みましたよ」

「ラースも？　意外」

クヴァシルが目を見開く。

「ラース様は文献や歴史書しか読まないと私も思っていました」

エルネストも自分の茶の髪を背に払いながら、目をまたたいていた。

「うん。何か聖花について書いていないかと思って」

男性陣が絶句した。

「さすが……」

「ブレないなーラースは」

そんな話をしていると、扉が小さく開けられる。

応対したのは公爵家の召使いだ。小言で話した後、扉はいったん閉められる。召使いはラース様に何かを耳打ちした。

「申し訳ございません、ちょっとした所用ができましたので、少しの間だけ退出させていただきます。すぐ戻るつもりですが、遅くなったらそのまま解散して頂いて構いません」

「まあせっかくお茶会に来ていただいたのに、残念です」

「どうぞお気になさらないで、ラース様はお忙しいのですから」

「ありがとう」

ラース様はそう言って、退出した。

そうしてふっと話題が途切れたところで、隣に座っていたアリサ様が私に尋ねてくる。

「リネア様、もう一つ聞きたい事があったのです」

「何でしょう？」

私は次のアリサ様の言葉に目を丸くした。

「ラース様とはどういうご関係なのですか？」

「はい？」

首をかしげる。どういうご関係と言われましても。

何と説明したらいいのかわからなくて、私はブレンダ嬢に視線を向ける。

スキルの事を言ってもいいものか、それとも伏せておくべきか。そもそもブレンダ嬢は、彼女達に私のことをどう説明してたのだろう。齟齬《そご》があるといけないので、ひっそり確認したいと思ったのだけど。

「私もお聞きしてみたいと思っていたんです」

ブレンダ嬢がそんなことを言い出す。

「え？」

「ラース様がリネア様の状況について色々と心配なされて、手をお貸しになっていらっしゃるのは知っているのですが。今まで関わることがなかったラース様が、どうしてその気になったのか、私もよく知らないのです」

言われて、私ははっとする。

考えてみればその通りかもしれない。ブレンダ嬢も、スキルや私の複雑な背景について説明を受けた上で援助してほしいという依頼を受けてはいるだろう。でもラース様のそう考えるに至った思いについては、察するのみで、何も聞いてはいないのではないかしら。

意外とラース様は、秘密主義でいらっしゃるから。

私はちょっと悩んで答えを返す。

「多分同情されたのではないでしょうか」

聖花菓子の実験に付き合っていることは、話さなくても大丈夫だろう。

ある程度私の状況を聞いていたエルネスト様は、心配するような表情になった。一方で、さらに追求してきたのはクヴァシルだった。

「同情だけで動くかなぁ、ラースが」

「そうでしょうか？」

ブレンダ嬢も同情という話に納得したのか、クヴァシルの言葉に疑問の声を上げる。

「同情だけなら、もっと前から手を差し伸べてもおかしくないと思うんだけど。何かラースの心を動かすようなことがあったんだろうね」

そして意味深な笑みを浮かべた。

アリサ様が楽しそうに目を輝かせた。

「それはもしかして、恋とかそういうものでしょうか？」

いつもは恋物語を読んでいるだけあってアリサ様はそういう方向の話が大好きなようだ。

「悪くないお話ですね。そして納得できます」

ロジーナ様までそんなことを言い出す。

「そもそもどういうきっかけで、ラース様と話すことになったんだい？」

先ほどは納得したはずのエルネスト様まで、話に乗ってきてしまった。

「え、その……。お菓子のことで少々」

私は頭を悩ませた。

どう説明しよう。スキルのことをおおっぴらに話すのもどうかと思うし、そうすると始まりの聖花菓子についても話がしにくい。

そして私がラース様の申し出を受けたのも、スキルに関わる話なのだ。

かといって、私はただお菓子が食べたかっただけだと言って納得してくれるか……。

ほどなくラース様が戻ってくるまでの間、私は苦笑いしてごまかす以外になかったのだった。

閑話 2

水が入ったつるべを引き上げるのは、とても大変だ。

重たくて重たくて、最初の頃は何度も落としてしまっていた。

その度に同僚の召使いに怒鳴られ、最後にはいつも言われるのだ。

——もう貴族令嬢ではないのに、何をか弱そうなふりをしているの、と。

「分かっているわ、そんなこと」

持ってきた桶《おけ》に水を入れながら、ミシェリアはつぶやく。

「お父様もお母様ももういない。住んでいた家だってない。燃えてしまったもの」

突然やってきた債権者に、散々に問い詰められた母は鬱々《うつうつ》としていた。

さらに王家からも爵位を取り消す使者が来たところで、張り詰めた気持ちが切れてしまったらしく、毎日何かをつぶやくだけになってしまう。

ミシェリアの父は、借金のことで相談しに行くと言ってどこかへ行ったまま帰らなくなった。

そして召使い達《たち》は、今まで愛想よくしてくれていたのに、手のひらを返すようにミシェリアを罵り、彼女を置いて行った。

残されたミシェリアは、何事かをつぶやき続ける母と一緒にいた。けれど、ある日使用人が火元の始末をし忘れ、屋敷が火事になってしまったのだ。

家を失い、母の姿を見失って燃えて行く屋敷を見つめるしかなかったあの日。

いつか永遠の愛を誓おうと話したアルベルトすら助けには来なかった。

来たのは、炎と煙を見た分家の女性。

周囲の森に燃え広がることを心配して来たと聞いた。むしろまだ、爵位を取り上げられたというのに屋敷にミシェリアがいたことに驚いていた。父と一緒に失踪したと思っていたらしい。

彼女も、さすがに取り残されたミシェリアを不憫《ふびん》に思ったのだろう。

父の昔の伝手《つて》をいくつか当たってくれた。けれど誰もミシェリアを引き取ってくれる貴族はいない。

かといってその分家でも、ミシェリアの居場所はなかった。

早く出て行ってくれないか。そんな声が聞こえそうな視線ばかり向けられる日々。

だからミシェリアは、職を紹介するという話に乗ったのだ。

平民になっても、ここにいるよりはマシだろうと思って。

分家の家でやむなく覚えた掃除ぐらいならできるだろうと、やってきたのがこの王都にある学院だ。

付け焼き刃では、掃除の仕方もそれほど上手《うま》くはなく、そのせいで同僚である召使い達からもあまり歓迎はされなかった。

ただミシェリアにことさら強く当たった同僚の場合は、掃除の仕方の問題ではない。

「私は別に色目など使っていなかったわ」

学院の召使い達は、大抵が出入りの商人やその使用人、もしくは学院内の従僕、男性召使い、そして学院に通う貴族達の従者と付き合うものが多い。

その人達が、ミシェリアに声をかけてくるのだけれど、同僚の恋人がまざっていたらしい。

それも仕方のないことだ。

ミシェリアは貴族令嬢だった。他のどの召使いよりも、幼少期から肌や髪を綺麗《きれい》に保つ余裕があった。基本的な容姿の違いを別にしても、それだけで他の召使い達よりも男達からは綺麗に見えただろう。

ミシェリアに辛《つら》くあたる召使い達も、それがわかっているからこそ、なおのことミシェリアに嫉妬しているのだ。

一方でミシェリアの方は、従者達などには興味がなかった。

「私には、結婚を約束してくれた人がいたのに」

アルベルトのことを引きずっていたからだ。

――なぜ会いに来てくれなかったのだろう。

――どうして助けてくれなかったのか。

恨み事を考える度に、きっと事情があったんだろうと思い直す。

きっと、父親に手紙を送ることすら止められていたんだろう。いや、書いたものを握り潰されていたのかもしれない。

ミシェリアの家が取り潰しになったことすら、聞かせないようにされていた可能性だってある。

そう思わなければとても耐えられなかった。ミシェリアにとって、ただ一つの命綱だったから。

もうすぐ自分を見つけ出してくれるかもしれない。

館が火事になってしまったせいで、私がどこにいるのか分かりにくくなったんだろう。だからもう少し。アルベルトが見つけてくれるまで我慢するのだ。

歯を食いしばって、使用人として生き続けたのは、そんな希望があったから。

そして二年後。

最初に見つけたのは、あのリネアの姿だった。

没落する原因となった父の借金相手。鉱山を広げるため、ミシェリアの父はエルヴァスティ伯爵から資金を借りた。けれど工事を始めて間もなく、長く続く嵐のせいで崩落事故が起こり、さらには資材を運んでいた馬車が崖下に転落。

父はその補填《ほてん》のために、聖花が咲いている場所を見つけたと言って、聖花を売った。

しかし売った相手からは、その聖花はとても壊れやすく、運んでいる間にほとんどが粉々になってしまったと苦情が来た。

結果、聖花菓子の材料にしかできない聖花では借金を補填し、失った資材を買い戻すことなど到底できず、鉱山は放棄するしかなくなった。

ただでさえ、何度も続く山賊の被害で資産が減っていたアレリード伯爵家は困窮し……。

急いで資金を作ろうとしたために父が聖花を売った相手が、外国の商人であり、それが違法であったことで伯爵家が取り潰される事になってしまったのだ。

世の人達は、エルヴァスティ伯爵家を嫌うあまりに、全てかの伯爵家の陰謀だったと言っている。

実際はどうなのか、ミシェリアにははっきりとわからない。けれどおかしな状況が続きすぎたことから、ミシェリアもエルヴァスティ伯爵家の関与を疑っていた。

だからリネアのことが憎かった。

自分は使用人の身分に落とされてしまったのに、のうのうと貴族令嬢のままでいられるのだから。

それ以上に腹立たしいのは、アルベルトの新しい婚約者の座に収まっていることだ。

「きっと、あの人が強請《ねだ》ったんだわ。アルベルトの婚約者になりたいって。それで父親が、私の家を没落させたに違いないわ」

悔しくて、目に涙が滲《にじ》みそうになる。

けれど救いは、同じ年に学院へ通うようになったアルベルトが、ミシェリアを見つけてくれたことだ。

「ずっと会いたかったミシェリア」

アルベルトはミシェリアのことだけを好きだったと言ってくれた。

「あの暗い、何を考えているのかわからない女と、婚約なんてしたくなかった。でも君はいなくなってしまって、うちの家もあまり状況が良くなかったものだから、エルヴァスティ伯爵家の提案を受け入れるしかなかったんだ」

アルベルトはそんなふうに、リネアとの婚約のことを語った。

そして今でも愛しているという言葉に、ミシェリアは喜んだ。これで辛く苦しい生活から逃れることができる。もう掃除をし続けなくてもいい。

だけどアルベルトは、一向にミシェリアを救い出してくれる様子がない。先々のことを尋ねてみても曖昧にはぐらかすばかり。

次第に貴族令嬢や子息達の噂話《うわさばなし》も耳に入ってくる。

アルベルトは、ミシェリアのことを平民の恋人として囲い続けるつもりらしいと言うものだった。

「今度は愛人として、一生を送ることになるのかしら……」

一時はそれで不安になった。

けれどアルベルトと付き合うようになってからも続いている、他の召使い達からのいじめに耐え続ける中、それでも仕方ないと思うようになった。

何よりアルベルトが、とても申し訳なさそうにミシェリアに言ったのだ。

「恥ずかしいことだけれど、我が家の財政状況も君の家とそう変わりなかったんだ。エルヴァスティ伯爵家の逆鱗《げきりん》に触れたら、いつでも難癖をつけられて、立ち行かないようにされてしまう。父や母を路頭に迷わせないためには、言うことを聞くしかないんだ」

だからリネアとは別れられない。

その話を聞いてミシェリアは、自分が没落した時のことを思い出し仕方のないことだと諦めた。

とにかくこの生活から逃れられるだけでも十分だと。

そして諦めた分だけ、自分の幸せを邪魔するリネアへの恨みは募った。

だからことさらに、リネアの目に付くような場所でアルベルトと仲睦《むつ》まじくして見せた。

自分が手に入れたものを奪われた悲しみを、思い知ればいいと思いながら。


「まさか、養女になるだなんて」

そんな日常に青天の霹靂《へきれき》だった。

憎々しいリネアが、エルヴァスティ伯爵家を出て、他家の養女になったというのだ。

だからアルベルトとの婚約は取り消しになったと本人は言っているらしいが、到底信じられない。

アルベルトはまだ婚約した状態のままだと言っていた。なので、父親から早く結婚しろと言われてとても困っているらしいが、エルヴァスティ伯爵家に言うべきなのか、新しいリネアの養父に言うべきか迷っているのだとか。

仕事の途中で耳を澄ませば、何か企《たくら》んでいるに違いないとか、また別の家を陥れるための準備をしているだけだとか、そんな悪い噂ばかりが駆け巡っている。

ミシェリアとしても、彼女があんなにも結婚したがったはずのアルベルトを、そんな簡単に諦めるだろうかと疑問に思っていた。

「アルベルトも、そのまま婚約をなかったことにしてしまえば良いのに」

そんなつぶやきも漏れてしまう。

でも貴族同士の関係というのは複雑なもので、特にアルベルトの家が借金を抱えているとなれば、そう簡単に縁を切れないのもミシェリアは理解していた。

ただ不安だった。

せっかくアルベルトと再会できたのに、彼は未《いま》だに自分の事を恋しいと言ってくれるのに、いつになったらこの生活から抜け出せるのか……。

ため息をつき、ミシェリアは水を一杯に入れた桶を持ち上げる。

これを運んだら今日の仕事は一段落つく。

聞いた話によると、学院の使用人の仕事は比較的楽なものであるらしい。たしかに貴族の家にいる使用人は、ミシェリアが朝起きる前から準備をし、夜眠る時に着替えさせることもしていた。

万が一のため、屋敷の中と外を見回る人間もいた。

それを思い出せば、学院から生徒がいなくなり、掃除を終えてしまえば休める環境は、恵まれているのかもしれない。

それでもミシェリアには辛かったのだ。

あかぎれのでき始めた手に、桶の取っ手が食い込む。以前はささくれ一つない手だったのに。

「今じゃ絹の手袋なんて、身に付けられないわね」

あちこち引っかかってしまって、かぎ裂きを作ってしまいそうだ。

想像してもう一度ため息をついたところで、ふいに近くから声をかけられる。

「運ぶだけなら手伝いましょうか？」

男性の声だ。一体誰だろうと振り返ってみると、ミシェリアからほんの十数歩離れたところにふわりとした金髪の青年が立っていた。薄い緑色の上着にはほとんど装飾がなく、縁取りも黒の糸。どこかの家の従者に見える。

「あなたは……？」

ミシェリアはまず、彼に尋ねてみる。名前を名乗ったり、雇われている家の名前を口にするなら、悪巧みをしてミシェリアに近づいた人ではない。そう判断できるからだ。

何せ平民に落ちてしまったミシェリアだから、誘いかけてくる平民の男性達も、ぞんざいに扱おうとしてくる。後ろ暗い考えがあって近づいてくる人間を、この質問だけである程度見分けられるので、いつもするようにしていた。

金髪の青年は、にこやかに答えた。

「名乗らず失礼しました、レイルズと言います。仕えている家の用事で通りかかったのですが、大変そうなのでつい声をかけてしまいました。そこの厨房《ちゅうぼう》の前までいいのでしたら、運んで差し上げますよ」

名を名乗った上で、人がいる場所まで一緒に行こうというのなら、おかしなことを考えている人ではないだろう。それならと、ミシェリアは桶を運ぶのを手伝ってもらうことにした。

「ありがとうございます。手が痛くて困っていました。とっても嬉《うれ》しい」

ミシェリアは自分の容姿がいいことも、ちゃんと知っていた。そんな自分が微笑《ほほえ》んで見せれば、男性達が我先にと優しくしてくれることも。

辛い作業が多い使用人生活の中では、この方法を使わなければ、体力的にすぐ音を上げていただろう。なのでミシェリアは、こういう形で男性の手を借りるようにしていた。

「喜んで頂けて嬉しいです。さ、こちらに渡してください」

「はい」

ミシェリアが置いた桶を、レイルズが持ち上げる。

そしてミシェリアと並んで歩き始めた。

「いつもこの時間に水汲《く》みを？」

「大体は。交代制なんですけど、もたもたしている間にやることになってしまって」

苦笑いしてみせれば、仲間に作業を押し付けられても黙ってやる健気《けなげ》な人間に見えるだろう。ミシェリアはそんな計算をしつつ受け答えをする。

「あなたの細い腕では厳しいでしょう。私もいつもここに来られるわけではありませんが、見かけた時には手伝わせてください」

「それは嬉しいですけれど、どうして？」

ここまでの会話で彼の意図は十分に察していたけれど、ミシェリアはそれを言わせようとする。

レイルズは素直に答えた。

「あなたが気になって……」

少しはにかんだレイルズは、なんだか可愛《かわい》らしい雰囲気になる。とても容姿が整った人なのに。

だから自信があるのだろう。こうして女性に近づいて話しかけても、相手はきっと応えてくれるという。

アルベルトがいなかったらミシェリアは間違いなく彼のことが気になっていただろう。それぐらいに、ミシェリアはこの生活から逃げ出したかった。

今も少しだけ、心惹《ひ》かれるものを感じる。

（アルベルトが早く救い出してくれないから……）

いつまで待てばいいのか。じわじわとミシェリアは疲弊している自分を感じた。

もしかしたらこのまま、ずっと使用人として働かなければいけないのではないだろうか。

そんなミシェリアの物思いを察したかのように、レイルズは続けて言った。

「不誠実な方に恋をしていらっしゃると思って、心配だったのです」

「不誠実……」

「違いますか？」

レイルズは首をかしげる。

「あなたという愛する人がいるのに、いつまでたってもあなたと結婚することもない。……以前別の主《あるじ》に仕えていた時、その主がずっと同じようなことで悩んでいました。あなたを見ているとそのことを思い出します」

レイルズの言葉が、ミシェリアの心に突き刺さる。

「でもあの方は貴族で、私は平民です」

彼の言葉を振り切るように、ミシェリアはそう言った。

自分達の間には越えられない壁ができてしまった。それでも自分を愛してくれるというだけで、本当なら満足しなければいけない。

一つ手に入れると、さらにもう一つ欲しくなってしまうだけ。

例えば……叶《かな》わなかった彼との結婚とか。

しかしレイルズは言う。

「でもあなたは、元は貴族令嬢のはず。そういう方なら、どうにか他の貴族の家の養女にする手配をして、あなたを正妻にすることだってできるのでは？」

「……」

ミシェリアは何も言えなくなる。

何度も同じことを考えた。婉曲《えんきょく》的にアルベルトにその提案をしたこともある。でも彼の反応は薄かった。

だからミシェリアは諦めてしまったのだ。追求しすぎて、今のこの状態さえなくなってしまっては困る。アルベルトに離れられてしまったら、自分はこの先どうしたらいいのか。未来のことを考えると不安で仕方なくなるのだ。

「日陰の身に置かれていても、その方のことが恋しいのですね」

諦めたような声音に、ミシェリアは妙な焦りを感じる。

アルベルトだっていつまでも自分の側《そば》にいてくれるかわからない。ずっと一緒にいてくれるという証明をくれない彼との繋《つな》がりを意識してしまった今、自分に片思いをしてくれているらしいレイルズの優しさまで失うかと思うと、落ち着かなくなる。

それはアルベルトへの疑問や、今後の事の不安をレイルズの言葉によって再確認させられたせいだったのだけど、ミシェリアは気づかない。

ただ、初対面の彼にアルベルトへの不満を漏らすのも抵抗があった。

だから代わりにミシェリアは、別のことを口走った。

「リネアさえいなければ……」

「リネア？」

「……エルヴァスティ伯爵家の令嬢だった人よ。今は別の家の養女になったようだけど、またあくどいことを考えているのでしょう。私の生家を没落させた時みたいに」

「今でもその令嬢のことを、恨んでいるのですね」

「もちろんよ。私がこんな不安定な立場になる原因を作ったのは、あの女ですもの」

「まさかとは思いますが、その令嬢はこの学院に通っているのですか？」

ミシェリアはうなずく。

「毎日のように見かけていたら、辛いでしょうに」

レイルズは同情したようにそう言って、表情を曇らせた。

彼の同情が心地よくて、ミシェリアは次々に不満を口にしてしまう。

「私が婚約していたアルベルトが欲しくて、私の家を潰した人なのよ。今もまだ、彼女に好意なんてかけらもないアルベルトをがんじがらめにしているの。おかげでアルベルトは私を選ぶことができないんだわ」

「あなたの片思いの相手は、その令嬢に囚《とら》われているのですね」

「助けてあげたいし、解放されたならアルベルトも私と結婚してくれるかもしれないのに」

そう言ってから、自分に片思いをしているレイルズには嫌な言葉だっただろうと思い直す。

「ごめんなさい。私の気持ちばかり話してしまって」

レイルズは首を横に振った。

「いいえ、こうして話をしたかったのは私ですから。それにちょっとずるいことを考えてしまいましたし」

「ずるいこと？」

聞き返すと、レイルズは苦笑いしてミシェリアに答えた。

「もし私が、そのリネアという令嬢への復讐《ふくしゅう》を手伝ったら、あなたから一度だけでも口づけをしていただけるのではないかと」

ミシェリアは目を見開く。

「私は恋の想《おも》い出《で》にその口づけさえいただければいいのです。どうですか？」

問われたミシェリアは、しばらく呆然《ぼうぜん》としてその場に立ち尽くしてしまった。

三章　王宮のパーティーは緊張の連続です

It seems to be a villain ... but I want to eat sweets.

お茶会のあった日、出来上がってきたドレスはリネアの予想を大幅に超えるものだった。

「え、これは……」

あまりにも豪華すぎた。

一着は白いシフォンの布を花びらのように何枚も重ねた上に、湖面のように美しい青のシフォンを重ねて、胸元やベルスリーブの肩口に、立体的なシフォンのバラの造花を蔦《つた》を絡めるように縫い付けたもの。

まるで白いさざなみが起きる湖岸と、その周囲に咲き乱れる花畑を思わせるようなドレスだった。

もう一着はごく淡いオレンジにも見える東雲《しののめ》色の光沢のある絹に、美しく繊細な銀のレースを花に見立てたものを縁取りに縫い付けてあった。同じレースは袖に何重にも重ねてほどこされ、胸元にも縫い付けられている。合間に小さくまたたくのは、ダイヤモンドだ。

どちらも贅《ぜい》をこらしたドレスだった。

一つに決めることなんてできない……。

私の心に焦りがにじむ。

「こちらの碧《あお》いドレスは君の養父であるレーディン伯爵が、デザインから細やかな注文をなさったものですよ。色合いも造花の作りに関しても、度々伯爵が工程をチェックしに行ったそうです」

ひぃ。

私は内心で悲鳴を上げる。そこまでして作っただなんて。

「お前も大概だろうラース。レースはわざわざ自分で直接選んだものだったはずだ。色だって何度も選びなおしただろう」

うわぁ。

私は令嬢にあるまじきうめき声を漏らしそうになる。

そんな詳細な注文を受けて、製作されたものだなんて。ドレスに熱が入りすぎているように感じて、私はドン引きしていた。

こんなに豪華なドレスにしなくたってよかったのに。

……と思ってしまったけれど、考えてみれば、美しいラース様の隣に立って王宮のパーティーに参加するためには、これぐらいのものが必要だったのかもしれない。

少しでも私の見栄えを良くするためには、ドレスに力を入れる必要があったんだろう。

しかし。

「どちらも素敵すぎて選べません」

着てみたい方と言われても、どちらも着てみたいと思う。

より華やかな方を選ぼうとしても、二つとも違う方向で華やかなのだ。

そもそも私は、ドレスに対してあまり頓着がない。季節ごとに新しいドレスは新調するものの、誰かに見せたいとか、目立ちたいとか、賞賛してほしいという気持ちが芽生えたことがない。どうせ何を着たって、悪魔のような伯爵の娘としか言われないのだから。

むしろ真っ黒なドレスで出た方がいいのではないかと、皮肉っぽく考えていたぐらいだ。

結果、あまり流行から外れない程度の無難なドレスばかりになった。

「君はあまりドレスに情熱を傾ける人ではないみたいですからね」

ラース様はそんな私の考えを察していたみたいだ。

「女はみんなドレスが好きなんじゃないのか？」

一番無頓着そうな意見を言ったのはアシェル様だ。ご自分ではパーティーに女性をエスコートしていくことはないので、必要に駆られないからだと思う。仕方ないことだ。

私だってパーティーへ行くことさえなければ、こんなに悩んだりしないもの。

「せっかく作ってくださったラース様に選ばせるのは忍びないので、カティ達《たち》の意見を聞いてみたいと思います」

私はドレスを広げてくれている召使い達に視線を向けた。

「カティはどちらが好きかしら」

私はあえてカティの好みを聞いてみた。どちらがいいなんて聞いたら、責任重大すぎて気軽に意見が言えないだろう。

「私はラース様のドレスが良いかと思います」

そう言ったカティが、ちらりとラース様の方を見る。

……しまった。ラース様がそばにいる状態で意見なんて聞いたら、ラース様に最大限まで忖度《そんたく》するに決まっていた。何せラース様は、現在のカティの雇い主である。

ただカティの方も、それだけでは自分の意見を言っていないように聞こえると考えたのか、選んだ理由を説明してくれた。

「この美しい朝焼けのような色のドレスの色もそうですが、銀糸のレースがとても見事で、より華やかにリネアお嬢様を引き立ててくれるのではないかと思ったのです」

「褒めてくれて嬉《うれ》しいですね」

ラース様の方はカティの気持ちを感じてか、礼だけを言う。

「え、ええと。イレイナはどうでしょうか？　お養父様《とうさま》のドレスも、捨てがたくて」

この言い方なら、雇い主の前でもお養父様のドレスを褒めやすいだろう。むしろこの問いかけでラース様のドレスを選ぶようだったら、イレイナはそれが好みなのだと思えるのだけど。

イレイナは心得顔で答えてくれた。

「左様でございますね。レーディン伯爵様が作らせたドレスは、お嬢様の年齢の女性をとても清楚《せいそ》に可愛《かわい》らしく見せてくれると思われます。公爵閣下のドレスの方は、お嬢様の威厳を引き立てるのではないでしょうか。その違いから、当日着るドレスをお選びになってはいかがですか？」

「なるほど」

イレイナが教えてくれたことはとても役に立つ。ドレスを着たことによって私がどう見えるか。そして王宮のパーティーで私が自分をどう見せたいか、を考えればいい。

「ラース様は、パーティーで私の味方を増やすようにとの思《おぼ》し召《め》しでしたね。私は柔らかい雰囲気をまとうべきでしょうか、それとも周囲の注目を浴びた方が良いでしょうか」

舞台を選んだのはラース様だ。最終的には、彼の意向に添ったドレスを着るべきだろう。

「そうだね」

ラース様はうなずいた。

「僕は他人からのあなたへの印象を変えたいと思っていました。今までの印象を考えると、おそらくあなたは親しみやすく、話しやすい印象を与えた方がいいのかもしれません。というか」

彼は苦笑いする。

「僕も少し、レーディン伯爵が作らせたドレスを纏《まと》ったあなたを、見てみたいと思ってしまっていました」

私はほっとする。

「では、お養父様が用意してくださったドレスを着ていきたいと思います」

「装飾品の方は、僕に任せてくれるでしょうか、リネア嬢」

「もちろんですラース様」

これでようやくドレス選びが終わった。

ほっとしたところで、ラース様は素早くイレイナに指示した。

「イレイナ、装飾品の箱を持ってきてくれませんか。そのドレスに合うものを」

「かしこまりました」

一礼したイレイナは、さっと退出すると、すぐにいくつかの宝石箱を持って戻ってきた。

飴《あめ》色の木の宝石箱は、一見すると重要そうなものが入っているようには見えない。おそらくは防犯のためなのだろう。

しかしその箱を開けると、きらめく美しい宝石達が姿を現す。

ダイヤモンド、アクアマリン、ルビーにサファイア……。

「この中でドレスに一番合うのは、アクアマリンかな」

ラース様が手に取ったのは、植物を模した銀のチェーンだ。美しい碧のアクアマリンとダイヤモンドが配置されている。

「イレイナ、これに似合うイヤリングを用意しておいてください。たしかあったと思います」

「承知いたしました」

これで装飾品も決まった。

「色々とありがとうございます」

どうお礼を返したらいいのかわからないので、まずはラース様に感謝する。

するとラース様は、やや悪戯《いたずら》っぽい笑みを見せる。

「リネア嬢のドレスが決まれば、僕もそれに合わせて衣服を用意するつもりだったので、早く決めてくださって助かりました。亡き母などは、ドレスの色を決めるために三日ほどかかっていましたから」

私はとりあえず笑っておく。

女性は得てして、ドレス選びに時間がかかるものなのだ。ラース様のお母様が、特別優柔不断というわけではない。


その後、パーティーまでの数日は、出席者の名前と顔を覚える作業に費やした。

何せあまりパーティーに出なかった私だ。

それなりの人数の貴族に会ったことはあるものの、よほど印象的な人でない限り覚えてはいない。

エルヴァスティ伯爵家の娘を家に招待したい貴族もいないので、忘れても何の問題もなかった。

学院に通う令嬢や子息の顔の方は、なんとか覚えているのだけど。

もっと面倒なのは、なまじ一度会ったことがあるせいで、相手はこちらの事をしっかりと覚えている場合だ。

私が覚えていないと分かったら、また一悶着《ひともんちゃく》起こってしまうかもしれない。

事情を話したラース様に、出席者の、特に私が親交を深めるべき相手の特徴を聞いて、覚えるよ

オーバーラップ文庫&ノベルス NEWS
第7回
オーバーラップ
文庫大賞
金賞
文庫
注目作
受賞作発売!!
星詠みの魔法使い
1.魔導書作家になれますか?
著:六海刻羽 イラスト:ゆさの
ノベルス
注目作
「僕は君に三度目惚れしたんだ」
亡霊魔道士の
拾い上げ花嫁1
著:瀬尾優梨 イラスト:麻先みち

うにする。

そうして、ようやくパーティーの日を迎えた。

当日は学院を休んだ。準備に時間がかかるので、行き帰りに何か足止めされるようなことがあっては困るからだ。

朝はゆっくりと起きた。

カティに紅茶を持ってきてもらい、時間をかけて飲みながら目を覚ますというぜいたくを味わう。

茶葉はライント産の若葉だけを使ったもの。どこかオレンジのような爽やかさを感じる。

「ほんとうに、ぜいたくだわ……」

思えばエルヴァスティ伯爵家では、この茶葉は飲んだことがない。意外と質素な実父は、そこまで高級茶葉にこだわりがないらしく、家に常備されていなかったのだ。

目が覚めたら朝食だ。

その後は少しゆったりした時間を過ごす。その間に、召使い達がパーティーへ行くための準備をしている。

遅めの昼食を食べたら、着替えのために入浴をする。

髪を乾かしながらお茶を飲む時間が、とても長い。だから学院に行っていては間に合わないのだ。

綺麗《きれい》に乾いたら、いよいよドレスを着る。

レーディン伯爵が選んだドレスを身にまとう。飾りが多いのに軽いシフォンを多用しているせいか、それほど重くはなかった。

次は化粧。

でも自分の顔に沢山塗るのは推奨されない。ありのままが美しいというのが建て前なのだ。過去に化粧品で色々と問題が起き、時の女王が激怒して以来、そういうことになっている。

そのため貴族女性は薄化粧に留《とど》める。

私はうっすらと真珠の粉をはたき、目元に薄く色を入れて、口紅を少しだけつける。これだけ。

このささやかな化粧が今の主流だ。

諦めきれずに分厚くおしろいを塗ったり、目元にはっきりとした色を入れたりすることが許されるのは、三十代以上の女性だ。

髪にはコテを当ててカールを作る。それをほぐして波を打つ流れを作り、その上で結い上げる。

かつては成人したら髪をきっちりとまとめ上げるのが基本だったけれど、今はそういうこともない。

カティ達は花飾りを髪につけるために、上半分だけを結い上げることにしたらしい。

花飾りはドレスと同じバラの花。かといってあまり付けすぎるとゴテゴテするので、小さなバラの花と真珠の髪飾りを配置していく。

それらが終わったら最後に装飾品を身につけた。

アクアマリンのネックレスは、ドレスの一部かのようにしっくりと馴染《なじ》む。同じアクアマリンのイヤリングをつければ完成だ。

「大変お美しくおなりです、お嬢様」

「ありがとうカティ。イレイナ達もご苦労様でした」

礼を言うと、イレイナが微笑《ほほえ》む。

「可愛らしいお嬢様を飾りつけることができて、とても嬉しかったです。公爵閣下はとても見栄えの良い方ですけれど、さすがにドレスを着せるわけにはいきませんから」

その言葉に思わず笑ってしまう。

最後の仕上げに、軽食を摘《つま》んでおく。

今日のパーティーは食事会はない。そして人と話すことを目的としていた場合、食べられる物が用意されていても、飲み物を口にするので精一杯だろう。先に何か食べておかないと、お腹《なか》が鳴り出してしまう。それは恥ずかしい。

その軽食と一緒に、聖花菓子が出されていた。

大皿の上で、サンドイッチの周囲に配置されたバラ色の花びらのようなメレンゲは、花畑を見ているようで目にも楽しい。

「気持ちが華やぐかもしれないと、公爵閣下がおっしゃっておりました。どうぞご賞味くださいリネア様」

「華やぐ……」

楽しい気持ちになるということかしら。

どちらにせよ、この優しい配慮が嬉しい。食べる前から心の中が温かくなる。

私はメレンゲを一つつまみ上げた。

口の中に入れると、すっと雲を食べたように溶けていく。後に残るのは、ちょっと不思議な感覚だった。

パッと目の前に、花吹雪が散ったような感覚。

面白かったのと、驚きで、たしかに気分は変わる。ちょっと楽しい。

「なるほど華やぐ……ね」

こんな面白い聖花もあるらしい。初めてそれを知ったことも面白くて、気持ちが上向いたのだった。


準備ができたらもう夕暮れ時だ。

私はイレイナやカティ達と一緒に部屋を出て、エントランスへ下りて行く。

そこにはすでにラース様がアシェル様と一緒に待っていた。

「あ……」

湖面のような色の上着も、ラース様はとても素敵に着こなしている。私のドレスに合わせて選んだのだろう。

縁取りの細かな蔦模様を描くのは、白と銀の糸。そこにはダイヤの欠片《かけら》がちりばめられて、ただでさえ存在がまばゆいラース様を、きらきらしく見せていた。

と言うか、こんなにも清涼感がありながら遠くからでも存在を主張する衣服は、私では着ていられない。他の人が着たとしても、服だけ目立ってしまうだろう。

白のクラヴァットを留めているのはアクアマリンだ。お揃《そろ》いの装飾品をつけているみたいで、気恥ずかしい。

色合いを合わせるにしても、同系色か黒か白のような合わせやすい色にするのだと思っていた。なのに宝石まで揃えてしまっては、まるで婚約者同士みたいで……。

(どうしてなのかしら。ラース様だって、ここまでしてしまっては私とそういう関係では？　と疑われてしまうのは知っているはずなのに)

疑われてもいいと思っているのだろうか。だとしたら、何かそうする利点があるはず。

私を守るため……というのが、一番可能性が高い。

あの優しいレーディン伯爵の養女になっただけでは足りず、絶対に誰にも手を出させないようにする必要が発生したのか……。

つい思い悩んでしまっているうちに、私はラース様達の側《そば》にたどり着いていた。

ラース様の方は、階段を一歩一歩下りてくる私を、じっと見つめていた。

何か不備がないかを確認していたのかもしれない。イレイナやカティ達の仕事に間違いはないと思うけれど、実際に身につけてみると、もう少し違う装飾品の方がいいとか、気になる点は出てくるものだ。

だから私は聞いてみた。

「いかがでしょうか。イレイナ達の支度に私はとても満足しているのですけれど、何か足りないところがありましたら教えてください」

しかしラース様は、私の問いにはっとしたように目を見開いて、雲間から現れた月のようにふんわりと微笑んだ。

「いいえ何一つ問題などありません。とても美しいですよ、リネア嬢」

「お褒めいただきありがとうございます。このように素晴らしいドレスを着るのは初めてですけれど、おかげでどうにか気後れせずに済みそうです」

お世辞だなと思って返すと、ラース様が手を伸ばす。

目の前に迫る指先に、ドキリとする。

それから、意外とかさついた感じの指を見て、ラース様も剣を握る人なんだなと、現実逃避的に考える。きちんと剣の練習を続けている人は、柄《つか》を握る部分の皮が厚くなっているものだ。

お菓子公爵と呼ばれているのに、イメージと違う手だなと思っている間に、ラース様の指先が私の耳の上に触れる。

髪飾りを揺らす音に、自分に直接触れたわけではないのに、首筋にくすぐったさを感じた。

一体何をしているのだろうと思えば、ラース様は私の髪から一輪だけバラの花を取ってしまったらしい。

「ラース様？」

まさかバラの数が多すぎた？　なんて考えていたら、ラース様はバラを自分のボタンホールに飾ってしまう。

青い湖面に、ポツンとバラの花が一輪浮いているみたいだ。

「これでよし。行きましょうリネア嬢」

「は、はい……」

え、一体何が『よし』なの？　どういう意味でバラの花までお揃いにしようと思ったのか。

まったくわけがわからないまま、私はラース様と一緒に馬車に乗り込んだ。

※※※

レクサンドル王国の王宮は、王都の北に造られている。

盛大なパーティーが行われる時には、王宮の塀の外に設置された低い花の生垣を通り抜ける道に、何台もの馬車が並ぶものだ。

花の生垣を通り抜けると、白い石を積み重ねて、優美な曲線を描く鉄の柵を取り付けた塀が見え、その門をくぐり抜けると、真っ白な宮殿と美しい緑の芝が目の前に広がる。

今日はそれほど馬車が並んではいない。

招待客の数を抑えているのだろう。

（ということは、王族がごく近しい人を選んで開いたパーティーだと思われるわけで……）

そんなところに参加するのだ。今更ながらに、怖くなってくる。

以前王宮のパーティーに参加したのは、成人直後のこと。誰もが嫌そうな目で自分のことを見るから、きっと王族も同じだろうと思い、なるべく顔を上げないようにしていた。

デビュタントにわざわざ、睨《にら》まれたくはなかった。それなら自分が相手の顔を見なければいいと思っていたので、人の顔から目を逸《そ》らしていたのだ。

おかげで王族の顔を覚えていない。

姿絵が出回ってはいるけれども、私は特別興味もなかったし、たいていは美化されているので、正確な容姿が描かれているわけでもないのだ。

今回は、出席することが決まってしまったので、急いでラース様に姿絵を見せていただいた。ラース様の解説もついていたため、おおよそ特徴を覚えられたはずだ。

国王陛下が、タレ目がち。砂色の髪に赤い瞳。

王妃様がややつり目。はっきりとした眉、髪は金色。

王子殿下が、あの夢通りの人物で、夏の乾いた砂のような髪色に、赤い瞳で王妃様に似た目の形。

「だったはず……」

心の中で確認しつつも、まだ自信がなくてつぶやいてしまう。

「どうかしましたか？」

ラース様に優しく尋ねられて、私は申し訳ないと思いつつも白状する。

「王族の方々の特徴をちゃんと覚えられたのか自信がないものですから」

「大丈夫。最初に挨拶をする時はずっとそばにいるので、君がよくわからなくても、僕と陛下達との会話を聞いていれば、自然と覚えると思いますよ」

「はい、隣で勉強させていただきます」

私はラース様がいてくれることに、改めて感謝した。

降りる順はラース様が先。

私が降りる時には、ラース様が手を差し出してくれる。

「さ、どうぞ、リネア嬢」

「ありがとうございます」

裾が広がるドレスで馬車から降りるのは難儀するので、ありがたく手を借りた。

そうして足が地面についたその時、ざわりとした空気が辺りに広がる。

「あれはエルヴァスティの娘では」

「いや、レーディン伯爵の養女になったと聞いた」

「あの悪魔のような伯爵が、何の代償もなく娘を養女に出すとは思えない」

「後であのお嬢さんは、父親に冷遇されていたと聞きましたが」

「そんな話信じられるものではない」

「でも私も聞きましたよ」

私の噂《うわさ》だ。

自分の方は貴族の顔を覚えていないけれども、あちらはしっかりと私の顔を覚えている。だからすぐに私が何者かわかって、驚いているのだろう。

「大丈夫かい？」

ラース様がそう尋ねてくれる。

「平気です。それに悪口ばかりではないみたいです。私に関する正確な噂を流してくださったのは、ラース様ですね？　だからいつもとは違って、私の味方がいるんだと思える言葉も聞こえるので、大丈夫なんです」

全てが悪意のあるものだったら、私はすぐに何も聞こえないようにスキルを使っただろう。でも一生懸命私のために努力してくれた人がいたこと、それが擁護の声になっているとわかるから、耳を塞ぐ必要はない。

「君は強いね」

「そんなことはありません。あなたという味方がいるから、立っていられるのです」

私の答えにラース様は満足げに微笑んだ。

「では行こう。戦場というほどのものではないけれど。君の美しさをお披露目する舞台へ」

二度も美しいと言われて、私は胸がドキリとする。

お世辞だとわかっているのに、慣れていないから本当にそう思ってくれているのかもしれないと期待してしまうからだと思う。

私は微笑み返して、いよいよ王宮の中に踏み込んだ。

王宮の召使い達や侍従は、ラース様の顔を知っていても、私のことは知らなかったらしい。ほんの少し「一体誰だろう」という表情を覗《のぞ》かせながらも、中へ案内してくれる。

一様に驚いて目を丸くするのは貴族達だ。

彼らはずっと私の方を視線で追いかけてくる。でも驚きすぎたのか、特に何かを言うわけではないので問題ない。

もっとすごい反応があったのは、パーティー会場へ入った時だ。

振り返った人達が、おしゃべりを一斉に止《や》めた。そのせいで入り口の周辺にだけ沈黙の輪ができ、それが他の人達の気を引いて、結果私の姿を目にすることになる。そして沈黙の輪は、会場全体に広がっていった。

「なかなか壮観だね」

ラース様はあまり気にしたふうもなくおどけてみせる。

「静かなのは良いことだと思います」

口うるさくされるよりはずっとマシだ。私は多少緊張しながらも、到着前よりは落ち着いた気持ちでラース様と一緒に奥へと歩く。

「やあ、来たね二人とも」

その先にいたのは、クヴァシルだ。彼は王族の養子なので、このパーティーに招待されていたのだろう。一緒にいるのはエルネスト様とブレンダ嬢、アリサ様とロジーナ様だ。

彼らがパーティーに招待されているから、ラース様はアリサ様達を先日のお茶会に招待したのだ。

「ごきげんよう皆様。ここでお会いできてとても嬉しいです」

私がそう挨拶すれば、アリサ様とロジーナ様がすぐに応じてくれる。

「私も会えて嬉しいです。それにとても素敵なドレス！　羨ましいわ」

「リネア様にとてもよく似合っていらっしゃいますね。本当に華やかで、とても綺麗です」

口々に褒めてもらって、嬉しいやら申し訳ないやら。

「アリサ様とロジーナ様もとてもお綺麗です。アリサ様はとても柔らかい明るい色合いがお似合いで、見ているだけで幸せな気持ちになるんです。ロジーナ様の深い藍色は、とても大人びていて素敵です」

ひとしきり褒めあっていると、横からクヴァシルが顔を出す。

「意外と堂々としてるよね。もっと怯《おび》えるかと思って、色々と気持ちを和らげる話を考えていたん

だけど、必要なかったね」

クヴァシルはそんなことを言い出した。気持ちを和らげる話ってどういうものなんだろう。

私と同じ疑問を感じたのか、ブレンダ嬢が質問した。

「どんな話を用意していたのですか?」

「あそこにいる公爵夫人の初めてのパーティーでの失敗談とか。階段を下りる時に裾を踏んづけて、盛大に転んだらしいよ」

「うわ、痛そう」

転んだ場所が悪い。階段では、すねをぶつけたり庇《かば》おうとして腕もぶつけたりしてしまうだろう。

大きな怪我《けが》をしなくて良かったと、私は何となく赤紫色のドレスを着た中年の公爵夫人を見てしまう。

「他にもあるんだ。右手側にいるあの伯爵。王宮のパーティーで誘いをかけた相手が、国王陛下の弟の婚約者でね」

「え」

「おかげでしばらく、王族との関係が微妙なことになっていたって聞いたよ。だからね、多少のポカなら、もっとすごいことをした先人達がいるから。フォローしてくれるラース様もいるんだし、気楽にね?」

どうやらクヴァシルは、私を元気づけようとしていたようだ。

そんな話をしていると、招待された貴族があらかた集まったのか、王族が入場してきたようだ。

「コンラード王子殿下、御入場」

扉の前に控える侍従が、その名前を読み上げる。

続いて開かれた扉から、一人の青年が広間に入ってくる。

宝石や金や銀の刺繍《ししゅう》がシャンデリアの灯《あか》りに照らされて、さざめく水面のような人波の中を、彼は堂々と進んだ。

強い光に照らされたような砂色の髪、遠目にはわからないけれども瞳の色は赤のはずだ。ややつり目なのはここからでも確認できる。黒の裾長の上着を翻しながら進む姿は、まるで騎士のようにきびきびとしている。

何よりも、夢の中で見た人物と全く同じ容姿に、無意識のうちに私は身震いしてしまう。

「寒いですか？」

隣にいたラース様がそれに気付いた。

「大丈夫です。ちょっと怖い気がしてしまって」

私がそう言えば、ラース様は私が自分の状況から、王族を恐ろしい人達と思っているのだろうと考えたみたいだ。

「安心してください。僕が必ず守ります」

さらりと言われた言葉に、私の心臓が強く跳ねる。

こんな言葉、今まで誰にも言われたことがない。物語の中で、姫君に仕える騎士や、貴婦人を愛する男性が言うようなセリフだ。

だからドキドキしてしまうのよ。

ラース様が恋心からこの言葉を言ったわけではないのは承知している。私を安心させるため。勘違いしてはいけない。

私のそんな物思いを見透かすかのように、ラース様が私の耳元に口を近づけて囁《ささや》いた。

「あなたが強いのは知っていますが、一人だけでは立ち向かえないこともあります。そして護衛などつけられない場所ですから、今この時、僕はあなたの騎士として守ることを誓いますよ」

甘い言葉に、心が溶かされそうな錯覚をした。

そんな私の意識を叩《たた》き起こすように、次は国王夫妻が入場してきた。

「オルディアス陛下、アレグリア王妃殿下御入場」

柔和そうな雰囲気の陛下は、白地に金の唐草模様が織り上げられたマントを身に纏っていた。衣服は白のマントが映える濃紺。

隣を進む王妃様は、金と青の模様の美しい白のドレスを着ていた。その表情が厳しいのは、元からつり目気味のせいかもしれない。

彼らが壁際の壇上に置かれた椅子に座ると、端に控えていた楽団が音楽を奏で始める。

ゆったりとした音色の中、人々は歓談しつつ、国王陛下に挨拶をするための列を作る。

「並ぼうか」

ラース様の声がけにうなずいた私は、ゆっくりと最後の方で対面をするつもりだったのに、そうはならなかった。

「お先にどうぞスヴァルド公爵閣下」

「私は後でもよろしいので、さぁ前へ」

貴族達は口々にそう言って、ラース様と私の順番を繰り上げていく。

あっという間に、前の人が終わってしまったら私達の順番、という位置に来てしまう。

「ラ、ラース様」

「何か聞かれても、極力僕が答えるから、それに相槌《あいづち》を打ったり、補足するぐらいで大丈夫ですよ」

そう答えてくれた時、いよいよ私達の順番が来てしまう。

背後にいる貴族達が、興味津々でこちらを見ているのが分かる。背中に視線が突き刺さって痛い。なるほど、私に対して陛下達がどんな話をするのか早く聞きたくて、順番を先にしていたらしい。

なんというありがた迷惑。

でもこうなっては覚悟を決めるしかない。

私はこっそりと深呼吸し、陛下達の前に進み出た。

目が合うと何を言われるか分からないので、視線は下げて、白い大理石の床を見つめる。あ、化石があった。

「本日はパーティーにお招きいただきありがとうございます。是非にとのお言葉に馳《は》せ参《さん》じました、陛下」

ラース様が慣れた様子で挨拶をする。さすが何度も王族と会話をしている人は違う。

私は貝殻の化石を見ながら、現実逃避もできずに身震いしそうになっていた。

何か言われたらどうしよう。悪口雑言は聞き慣れているけれど、それをうまくかわしたり、別の良い話に変えたりという技術が私にはない。とんでもない受け答えをしないように、祈るしかない。

「よく来てくれたラース・スヴァルド公爵。急な招待ですまなかったな」

「陛下にお気遣いいただく必要はございません。お呼びとあれば、馳せ参じますので」

穏やかな会話が始まる。とはいえその言葉の合間には、微妙なニュアンスが言葉にされずに隠されている。

陛下の場合は、急な招待だったと謝ってはいるが、わざわざ侍従長をよこしたあたり、必ず出席してほしいと要求していたはずだ。それを叶《かな》えただけなので、陛下の側は時候の挨拶ぐらいの軽さで言ったのだろう。

一方ラース様の方は、忠臣のごとき発言をしているけれど、正直なところ今回の招待も、わざわざ頼み込みに来なければ出席する気はなかったらしい。なので「お呼びとあれば（他の用事がなければ）馳せ参じますので」という意味に違いない。

直接そんなことを陛下に申し上げては角が立つので、良さそうな言葉に変えているだけだ。

陛下はその辺りも理解しているのだろう。

「お前が忙しいのも理解しているから、迷惑はかけたくなかったのだが、せっかくなので一度見ておきたいと思ってな」

そこで言葉を切ったけれど、陛下がこちらを見ているような気がする。

言外に、私をご覧になりたかったと伝えたのだ。

理由はいくつもあるだろうけれど、ラース様がわざわざ手を差し伸べた話を聞いて、本当に私が悪巧みをしていないのか、私の実父のたくらみにラース様が巻き込まれていないのか、それを知りたかったに違いない。

数秒の沈黙の後、横から口を挟んだのは王妃様だ。

「とても素敵なドレスね。これを用意したのはあなたなのかしら？　公爵」

その言葉に背後の貴族がざわつく。

これが普通の反応だと私も思う。

自分では、ラース様を第二の養父だと思っているから、ドレスを贈られても受け入れている。けれど普通なら、親族以外の男性がドレスを贈るなら、それは婚約者であるべきだ。

ただこれも、正直にそうだと言わなければいい。

想《おも》い人《びと》にこっそりとドレスを贈る人はいるし、本人が肯定しなければそれまでだ。

だからこそ、ラース様が真正面から自分が贈ったと言ったら、大騒動になる。ざわつく人達の何割かは、娯楽に飢えて騒ぎが起こればいいと思っている人だろう。

でも今回に関しては何の心配もない。

「いいえ、これは彼女の新しい養父レーディン伯爵が贈ったものです。娘になって初めてのパーティーへ行く時に、心から娘として受け入れたと皆様にもわかるように、細かな配慮と贅を凝らしてお作りになられたのですよ」

「あら残念。とうとうあなたも伴侶を決めたのかと思ったのに」

王妃様はころころと笑う。

「あなたの屋敷に美しいお嬢さんが住み始めたと聞いて、枕を涙で濡《ぬ》らしたご令嬢は多いらしいわよ？」

「光栄なことです。私はそのように思ってもらえるような人間ではないのですが」

「謙遜しすぎだな」

陛下がそう言って笑う。

そしてとうとう、会話の矛先が私に向いた。

「レーディン伯爵令嬢」

「は、はい」

私はなんとか返事をする。

「会うのは社交界デビューの時以来か。そなたの実父とは色々とあったからな、あまり話すこともなかったが、良ければ色々聞かせて欲しい」

え……一体何をお聞きになりたいのでしょう。できればあまりお話はしたくないのですが。

なんて言えるはずもない。

「ありがたき幸せにございます」

型通りのお礼の言葉を口にするしかなかった。

でもこれは形式上のことだろう。いくらなんでもパーティーの最中に、これ以上陛下とじっくり話すことなどないはず。そう思っていたのに。

「よければ後で、控え室の方にいらしてちょうだい？」

王妃様からがっつりとお話しする予約をされた。

これ、逃げられない……。

血の気が引く思いをしながら、私は隣のラース様を見る。

彼も私を心配していたようで、ちょうど目が合った。

(こうなったら、別室で改めてお話をするしかありません。申し訳ないのですが……)

私の目にはラース様がそう言っているように見えた。

(心得ました。こんな風にお約束させられてしまっては断りきれませんよね。頑張ります)

そういう意味を込めて私はラース様に、小さくうなずいて見せた。

正確に察してくれたようで、ラース様の方からお誘いについて回答してくれる。

「承知いたしました。ご都合のよろしい時にお呼びください。お待ちしております」

こうして、少し顔を出すだけですぐ帰るという私の目論見《もくろみ》は失敗したのだった。

十年は一気に老けたのではないか、という気分でよろよろと私は元の場所に戻った。

ブレンダ達がいた窓際には、今は人影がまばら。彼らもみんな挨拶のために並んでいて、そこにはいなかった。

「何か飲みますか？」

ラース様が聞いてくれる。

「よければ僕も頼むから、ワインに口をつけておきますか？」

誘われて私はうなずく。

「あまり強いものでなければ……」

お酒はそれほど強くないのだ。でも今はお酒でも飲みたい気分だった。

「君、彼女にワインをジュースで割ったものを。僕には普通のワインを頼みます」

「かしこまりました」

近くにいた召使いが、ラース様の依頼を受けて飲み物を取りに行く。今はほとんどの人が挨拶の列に並んでいるので、飲み物を用意するのが早かった。召使いはすぐに戻ってくる。

受け取った私は、半分ぐらいを一気に飲んでしまう。

ジュースで割ったと言っても、ワインの方は四分の一も入っていればいいほう、という濃度だった。沢山飲んでも、さしてアルコールを感じない。むしろ甘さのおかげで、少し頭の疲労が取れた気がした。

「落ち着いたようですね」

「はい、ありがとうございます。本当に受け答えの方も、ほとんどお任せしてしまってすみません」

私はラース様にお礼を言う。

「あらかじめそうしようと決めていたことですから。慌てて暴走されては困りますしね」

そう言ったラース様は、悪戯っぽく笑う。

「やあ、仲良くやっているみたいだね」

クヴァシルが早々に戻って来た。恐ろしいほどの早さに驚いていると、彼が説明してくれる。

「腐っても王族だから、挨拶を優先してもらったんだ。君達の二つ後だったんだよ」

事情を聞いてみれば早くて当然だった。

そしてこちらもものすごく早くやってきた。

「失礼いたします、スヴァルド公爵閣下、レーディン伯爵令嬢様」

王宮の侍従が一人、足音も立てずに側に現れた。

「別室のご用意ができました。時間が空き次第陛下も王妃様もいらっしゃいますので、どうぞ先にお移りください」

「もう、ですか」

少しは緊張をほぐす時間が取れるかと思ったが、そんな余裕すら許してくれないみたいだ。むしろこんなにも素早く部屋を用意してしまうだなんて、絶対に逃がさない、という決意が窺《うかが》える。

どうしてそうまでして私と話がしたいのか。実父に関しての文句を聞かされるのかしら？

その時、目の前のクヴァシルが言う。

「僕も参加しようかな。王妃様と会うのも久しぶりだし」

そう言われた侍従は、困惑した表情をしながらもそれを受け入れることにしたみたいだ。何せクヴァシルは、養子とはいえ王族の子息だ。普通の貴族と同列には扱えない。だから断れないと判断したんだろう。

かわいそうだけれど私は少しほっとする。仲間が多ければ多いほど心強いもの。

私とラース様、クヴァシルは別室に案内された。

控え室とおっしゃっていたけれど、小さな広間ぐらいの大きさの部屋で、壁は漆喰《しっくい》で装飾された上に金箔《きんぱく》で縁取りされている。天井から下げられたシャンデリアは、すべて透明なガラスを使われ、ろうそくの灯りをまばゆく反射している。

とても豪華な部屋だ。

王宮の召使いがお茶を運んできて、ほんの少しだけ口をつけた。

香り高く、柔らかな味のお茶だった。ラース様の家で頂くものとは少し違う。でも同じくらい高級な品だということはわかる。

これはエゼルス産か、バルモール産か。なんにせよ私達を粗雑に扱うつもりはないのを感じる。

「国王陛下達は、私と実父を別物と考えてくれる、ということなのでしょうか」

つい疑問が口からこぼれる。

「完全に悪くは思っていないだろうけれど、楽観視するのもどうかと思うよ」

厳しい意見を発したのはクヴァシルだ。職業のせいなのか、来歴のせいなのか、彼はややシビアなものの見方をする。

「それは否定できないですね……。侍従長と話した分では、何か大きな陰謀の一端ではないかという見方をしているみたいでしたからね。それだけエルヴァスティ伯爵の影響が大きいということなのでしょう」

良きにつけ悪《あ》しきにつけ……いえ、悪い印象しかなかったわね。

私は肩を落とす。

だからこそ今、王族との会話に怯えているというのに。

「こういったことを経験するにつれ、僕は君を引き止めてしまったのが本当に良かったのか、たまに迷うことがあるんですよ」

「え？」

ラース様の言葉に首を傾《かし》げる。

「君の遠くへ逃げるべきだという判断には、不安を感じていました。追われ続けるリスクと、現実的に君一人で暮らしていけないだろうと判断したから、強引に僕の下《もと》に引き取ったのです。けれどこれから何度も、君は心無い言葉を聞くことになるし、その度傷つくのではないかと心配なのです」

ソファーの隣に座ったラース様が、私の目をじっと見つめる。

「味方を作るにはやはりあなた自身が動いた方がいい。でも心が折れてしまってはどうしようもない。来るべき時まで、館の中でひっそりと過ごすこともできるんですよ。君はどうしたいですか？」

「ラース様……」

学院だけではなく、パーティーに集まる貴族達にも心無いことを言われ続ける私を、ラース様は心配したのだと思う。

私は首を横に振った。

「大丈夫です。ラース様が考えてくださった案に乗ったのは私です。その方が良いと感じたから。なのでどうか責任を感じないでください」

「そうそう」

横からクヴァシルが顔を覗かせる。

「せっかくここまで努力したのが無駄になっちゃうでしょ。リネア嬢も結構図太いみたいだし、走れるところまで走ってみればいいんだよ」

「図太いですか？」

そんな気はしていたけれど、真正面から言われるとなんとも言えない気分になる。

言われたクヴァシルは目を丸くする。

「図太くないと思っていたの？　相当だよ？」

「また失礼なこと言って」

ラース様が苦笑いする。

そうして気持ちが和んだところで、第三者が部屋の中に入ってきた。

「ずい分楽しそうな声が聞こえていたわ。三人とも仲がいいのね」

「お待ちしておりました王妃殿下、王子殿下」

私やラース様も立ち上がり、一礼する。

やってきたのは二人だけ。さすがに陛下は忙しくて、私との話にわざわざ出てくることはないようだ。でも一人減った分だけ気が楽だ。

「かしこまらなくていいわ、私も座らせてもらうわよ」

王妃殿下はそっと向かい側のソファーに座り、召使いにお茶を持って来させる。

一方、座らずに警戒したように立ったままでいたのは、コンラード王子殿下だ。

「あなたもお座りなさいコンラード」

王妃殿下に手招きされたものの、コンラード殿下は嫌そうな顔をする。

「まだその娘を信用しておりませんので」

「子供みたいなことを言わないでちょうだい。あなたもすでに十八歳。正直に考えを話すばかりでは、とても国を守っていけませんよ」

ため息混じりに言った王妃殿下だが、このたしなめの言葉もちょっと失礼だったりする。

私のことを警戒しているのは王妃殿下も同じだ、と言っているようなものだからだ。

王族がエルヴァスティ伯爵家を嫌っていることは知っていたけれど、こんなにもあからさまなのかと驚いてしまう。驚きすぎて、かえって私はショックを受けなかった。

そこへ果敢に切り込んだのはラース様だった。

「どちらも失礼ですよ。そもそも僕が認めたというのに、その意志を無視するというのはどういう了見なのでしょう、お二方とも」

かなり強い言い方だったが、王妃殿下もコンラード殿下も、親に叱られた子供のように視線を逸らす。

「わかってはおりますよラース。あなたの見識を疑っているわけではないのですが、今までいろいろあり過ぎましたから」

「それは父親の問題であって、娘の彼女の問題ではないはずですが？」

「この貴族社会で、父親と娘のことを分けて考えられるわけがない。息子も娘も政治の駒でしかないのだから」

「あけすけにおっしゃるのですね、コンラード殿下」

ラース様に微笑まれて、なぜかコンラード殿下は怯えたように身を引く。

「美しい建て前は必要なものでしょう？　僕にも、殿下にも」

「そ……そうだな」

コンラード殿下はうなずく。

「ではご着席ください。あなたがお優しい王子殿下であるという建て前を守るためにも」

「この……」

ラース様の言葉に、コンラード殿下が憎々しげな表情をした。でも最終的にはおとなしくソファーに座る。

王妃殿下の隣に座ったコンラード殿下の前にもお茶が運ばれ、給仕をした召使いは部屋から退出した。

（ええと……）

私は戸惑う。もしかして力関係的には、王妃殿下やコンラード殿下よりも、ラース様の方が上なのだろうか？

でなければ先生に叱られた生徒みたいな態度になるわけがない。

理由はわからないけれど、お二人がラース様を尊重しているのならば、私のことを無下には扱わないはず。なので少し安心する。

ただ、すぐ近くにコンラード殿下の顔が見えるのが、恐ろしい。

何せ彼は、状況によっては私を牢《ろう》の中に閉じ込める人だ。そして夢の中でいつも怖い顔を向けていた。

あれは夢。まだ現実になっていないのだから、大丈夫と自分に言い聞かせる。

その隣で、クヴァシルが小さく笑う。

「臣下に諫《いさ》められるだなんて、なってないねコンラード殿下？　エルヴァスティ伯爵ぐらい、別に怖いものじゃないでしょ？　王子様なんだから」

「お前と一緒の立場にされたくない、クヴァシル。人間社会の理から逸脱している人間だから、そんな呑気《のんき》にしていられるんだ。そもそもお前達は、あの伯爵にも手を貸しているじゃないか。よくそんなことができるな」

「それこそ世の理から逸脱しているからだよ。僕は貴族の子息である前に、魔術士だからね」

意味ありげなクヴァシルの表情に、私は思う。

レクサンドルの王族という立場は、魔術士としての活動に必要な道具でしかないのだなと。

この不遜な態度からしても、クヴァシルは自分のことをまず魔術士だと考えているんだろう。彼の養父である人物も、おそらく同じ考えをしているに違いない。

そしてレクサンドル王家は、彼らが魔術士として生きていくことを許している。そのためこんな態度を許しているのだ。

時には魔術士達の力を借りなければならない以上、彼らの機嫌を損ねたくない、ということかしら。来るべき時に、なるべく融通を利かせてもらうためにも。

そんな政治的な事を考えつつも、私はクヴァシルの行動に首をかしげる。

もしかして彼は私をかばってくれた？　ちょっといい人かもしれない。

「そもそも、王家だって自分に都合がいいから、エルヴァスティ伯爵のやったことを見逃している件もいくつかあるんだし。……アレリード伯爵の没落とかね」

アレリード？

聞き覚えのある名前に、私は目を瞬く。それはミシェリアの家の名前だったはず。

彼女の家の没落に間違いなく私の実父が関わっていて、しかもそれを王家が黙認していたということだろうか。どうしてそんなことに。

私は黙って話の行く末を見守る。

王妃殿下が嫌そうな顔をした。

「あれはアレリード伯爵家が問題を起こしたのですよ。魔獣など飼っているから」

ままま魔獣!?

叫ぶのだけは何とか避けられた。唇を引き結んで耐えながら、私は事実に驚いていた。

魔法の力を持つ、身の丈は人の二倍、三倍はあると言う獣。その姿は、猿であったり、犬であったり、馬やトカゲであったりと様々だ。

魔獣がどうやって発生したのか、未《いま》だに真実は分かっていない。ただ魔術士達がまだ世界の戦と関わっていた頃に発生したので、魔術士が関わって生み出された生物だと言われている。

魔獣が最近出現したと言われるのは、フォルシアン王国だ。

かの国が、隣国リオグラード王国に併合されるきっかけが、魔獣の出没によってフォルシアン王国が荒れ、数多くの騎士や兵士達が亡くなったせいだと言われている。またそれが、リオグラード王国の陰謀であったとも、ささやかれている。

そんな魔獣をアレリード伯爵家が飼っていただなんて。

「たまたま領地の中に咲くようになった聖花を食べており、おとなしかったと言っていましたが。いつ何時、我が国の国土を損なうきっかけとなるか分かりません。そんな魔獣がいることすら、アレリード伯爵家は申告しませんでした」

王妃殿下はため息をつく。

「そんな家に、立ち行かなくなったとはいえ援助などできません。国としては魔獣がいたことすら隠したかったので、乗じて潰してしまう他に方法がなかったのです」

「だとしても、一度は利用したのですから、悪者にだけするわけにはいかないでしょうね。対外的にはさておき、こういった私的な場ならば」

ラース様の言葉に「そうね」と王妃殿下が同意した。

「でも噂に聞いていたより、おとなしいご令嬢なのね？　あの父親のように不遜な態度の人なのかと思っていたわ。レーディン伯爵も、ずいぶんとあなたを大事にしているようですね」

ここでもレーディン伯爵の人柄が効いてくる。一見厳しそうな彼が、新しい養女のために手の込んだドレスを作らせたのが、大切にされていると周囲の人に思わせるらしい。

こと子供に関しては涙もろいぐらいの方なのだけど、あのツンな態度のおかげで、私は二重に守られている。

明日にでも改めて、お礼の手紙を書かなくてはならない。再三にわたってまた遊びに来るように言われているので、訪問もするべきだ。

感謝しつつ私はそんなことを考え、王妃殿下に答える。

「ご迷惑をおかけしてしまいそうなのに、レーディン伯爵様と伯爵夫人にはとても良くして頂いております」

もっと大人しく、無害な人間に見えるように私はかすれ声に近い小声でそう言った。

「あら緊張しているのかしら？」

「その、以前の父の下ではあまりパーティーに出席することもなく、慣れておりません。粗相をしないようにと思うと、どうしても緊張してしまいます」

「でも家で、何かしらパーティーを開くでしょう?」

「滅多にありませんでした」

私の言葉に続けて、ラース様が補足してくれる。

「伯爵は娘の誕生日すらパーティーをなかなか開かなかったそうですよ。成人の年だけ、ささやかなものを行ったようですが」

それを聞いた王妃殿下は、私に関する噂を思い出したようだ。

「……あなたもしかして、血の繋《つな》がりがないという噂は本当?」

「残念ながら、間違いなくあれは実の父親です」

王妃殿下はものすごく気の毒そうな表情になった。誰だってあの父は荷が重いだろう。

「取り上げた産婆から、直接受け取ったのは母方の叔父でした。ですから間違いのないことです」

これに関しては、少しだけ母が別の人を愛してしまったという話を望んでしまいそうになる……。本当の父親ではない方が、愛情がかけらもない理由に納得がいくから。でも母は身持ちの固い人だったという話なので、ありえない。

「そのような話をするために、こちらに呼んだのですか?」

ラース様が不思議そうに王妃殿下に尋ねる。

「いいえ、興味はあったけれど、そちらが本題ではないわね。リネア・レーディン。あなたが本当に望んでレーディン伯爵の養女になったかを、確認したかったのよ」

王妃殿下の懸念は分かる。

なにせラース様は王位継承権も持っている。私の実父による陰謀に巻き込まれていないか、心配していたはず。

ラース様が巻き込まれていたら、王家にも影響する。

きっとラース様は先に説明していたと思うけれど、騙《だま》されているのではないか、という疑いがどうしても消えなかったのではないかしら。

「だってあなた、レーディン伯爵の館に住んでいないでしょ？　ラースの婚約者だと言う噂が出ているのも仕方ないわ。年頃の貴族の当主の家に、適齢期のご令嬢が住んでいるのだもの。どうしてそうなったのかしら？」

王妃殿下は迂遠《うえん》な質問の仕方で、私とラース様の関係を探ろうとしてきた。

でもこれに関しては、隠すことは多くはない。スキルの話を省けばいいのだから。ただ何を言えばいいかはよくよく考えなければならない。

「僕がお答えしましょう」

ラース様が、その質問を引き受けてくれた。

「彼女は少々難しい立場になっていました。父親に冷遇されているのに、先日から訳の分からない呪いをかけられてしまったようで」

ラース様は、私が父にした嘘《うそ》の話を本当のこととして語るつもりみたいだ。

「呪い？」

王妃殿下が首をかしげた。隣のコンラード殿下は、半信半疑の表情をしている。

私は少々悲しそうな顔になるよう心がける。信ぴょう性を上げるためだ。

「どこかの魔術士が……おそらくはエルヴァスティ伯爵に恨みを持つ人物の仕業でしょう。それで度々他人の声が聞こえなくなることがあって悩んでいたようですが、それを知った父親が彼女を学院にも行かせず、小さな庶民の家のような別邸に閉じ込めたのです」

「守るような名誉などないくせに」

コンラード殿下がつぶやく。少しこの話を信じ始めているのかもしれない。

私の隣にいるクヴァシルは、愉快な話を聞いた、という表情をしているのだが、おそらく彼は何を聞いてもそんな調子なのだろう。王妃殿下も全く気にしていない。

「それだけでも十分にかわいそうだったのですが、外聞を気にしたエルヴァスティ伯爵が、婚約者の家にも、結婚ができなくなったと伝えたらしく……」

「婚約を解消されてしまったの？」

王妃殿下が心底気の毒そうに私を見る。そうだったら良かったのですが……。

「いいえ、その家はエルヴァスティ伯爵家から借金をしていたらしく、婚約の話が破談になったらすぐにでも返済を迫られると思ったのか、強引に結婚をさせようと彼女を誘拐しようとしたのです」

私に懐疑的な態度だったコンラード殿下も、さすがに驚いた。

「そこまでしたのか……」

「幸い、逃げ出したリネア嬢をすぐ僕が街中で保護したので、大事には至りませんでしたが」

「保護したことで、リネア嬢をそのまま匿《かくま》うことにしたのね」

「その通りです」

王妃殿下の問いに、ラース様はうなずく。

「彼女が、父親の行状のせいで頼れる人がいないことは誰でも知っています。僕には、そんなリネア嬢を見捨てることができませんでした」

「あなたは優しい人ですものね……」

王妃殿下は、ラース様の言葉に心が揺れているようだ。

しかしコンラード殿下の方は、まだ疑いを捨てられないようだ。

「全て彼女の狂言だという可能性はないのか？」

「ありえませんね。追いかけられ、捕まりそうになっている現場を見ていますから」

そう言われては引っ込むしかなかったみたいだ。コンラード殿下は黙ってしまう。

「クヴァシル、あなたはもうすでにこのご令嬢と交流があるのね。ラースの話は本当だと思っている？」

尋ねられたクヴァシルは、ニヤリと笑う。

「ちらりとご覧になったでしょう？　彼女が他の貴族の子息や令嬢達と話をしているところを。きっかけはラースが作ったかもしれませんが、彼女達も好んでリネア嬢と話していたのは感じ取れたと思います。それこそが、彼女がある程度の信用がおける人間だという証拠だと思えませんか？」

クヴァシル……。

はっきりとした言い方ではなかったけれど、クヴァシルは私のことを信頼できる人間だと言ってくれた。それが嬉しくて、私は感動しそうになる。

この間、やたらと口の中がパチパチとして痛いお菓子を食べさせたことは、これでなかったことにしてもいいぐらい。

「あなたやラースがそうまで言うのでしたら、本当なのでしょう」

王妃殿下は私の方を向いて言う。

「リネア嬢、疑って悪かったわ。あなたのこの先に、祝福がありますように」

そう言って王妃殿下は部屋を出て行った。

残るはコンラード殿下だが。

「私は納得はしていない。父親はどうあれ、評判の悪さは自分自身の行いのせいもあるはずだ」

言外に、誤解を解こうとしなかったとか、努力が足りなかったと言いたいのかもしれないけれど。努力だけでどうにかなるものではなかったのだ。十六年間、私も完全に鬱々としていただけではなかった。反論したいけれど、王子相手にそんなことを言って話をややこしくするわけにもいかない。

「申し訳ございません……」

とりあえず謝ってじっと黙り込む私の肩に、ラース様が手を置く。

「君が悪いわけでありません。努力だけではどうにもならないことは、世の中に沢山あります。恵まれた人は、少しの努力で叶えられることが多いせいで、他人もそうだと思ってしまうものなのです」

「おい……」

まるで喧嘩《けんか》を売っているようなラース様の言葉に、私はうなずくこともできず、コンラード殿下の方は馬鹿にされたと分かったのか眉を吊《つ》り上げた。

「本当のことだから怒っているのかい？　相変わらずだね君は。少し気持ちが落ち着くようなお菓子を届けてあげようかな？」

続いてクヴァシルがそう言うと、コンラード殿下も慌てて席を立った。

「いらないからなクヴァシル！　もう二度と贈ってくるな」

捨て台詞《ぜりふ》を口にして、コンラード殿下はさっさと部屋からいなくなる。

「助かりましたクヴァシル。ありがとう」

ラース様に礼を言われたクヴァシルは、ニッと口の端を上げる。

「王族に全力で疑われたら、さすがに一人だけでは荷が重いだろうからね。それに、彼女は僕にとっても貴重な実験相手だからね。さて」

クヴァシルも立ち上がる。

「僕は先に行くよ。じゃあ」

そうして彼は、先に部屋を出て行ってしまった。

「これで今日の用事は終わったようなものですね。お疲れ様リネア」

「私の方こそご迷惑をおかけしました。ほとんどラース様に説明して頂いてしまって……。それにしても王子殿下は、クヴァシルが苦手なのですか？」

一連の様子からすると、二人の力関係はクヴァシルの方が上のようだった。

ラース様が苦笑いした。

「コンラード殿下は、あの通りの気の強さでクヴァシルにも突っかかって行って、うまくクヴァシルの実験に利用されてね。何か痛い目に遭って以来、苦手にしているみたいだ」

「お菓子のせいなんですね」

クヴァシルのお菓子には私も迷惑をかけられたので、少しだけコンラード殿下に同情した。

それにしても私、食欲に正直でよかった。

じゃなかったら、ラース様と近しくなれなかっただろうし、私に反感を持っているコンラード殿下を抑える手段なんて手に入れられなかった。

ラース様がいるからこそ、クヴァシルが手を貸してくれて、こうしてどんなに王子が疑おうとも、守ってもらえる。

お菓子って素晴らしい！

ラース様に声をかけられるまで、そんなことを考えていた。

「安心してくれたかな？」

そのせいでうっかり答えてしまう。

「はい、お菓子って最強ですね！……あ！」

言ってしまってから、おかしなことを口にしたと気づいたけれど、もう遅い。

慌てる私を見て、ラース様は声を立てて笑った。

「あの、違うんです！　ラース様にあえて、こうして近しく話をさせていただけるようになって幸運だったな、と。そのきっかけが聖花菓子だったので、お菓子って素晴らしいなと思ったわけで」

私は慌てて言い直す。

「そう思っていただけるのなら、研究してきたかいがありましたね。でも聖花菓子は幸運ばかりをもたらすわけではないのですよ……」

やや苦笑いするようなラース様の表情に、ふと思う。

彼は、聖花の不思議に魅せられて研究を始めたわけではない気がした。ラース様が聖花を研究するのは、もしかすると……不幸が原因だったのかもしれない。

「でも、私は感謝しています。何があっても、この御恩は一生忘れません。このパーティーも、もう少し積極的になってみたいと思います」

ブレンダ嬢やアリサ様達と会話していたおかげで、王妃殿下も私のことを改めて見直してくれた。

他の貴族も、私への見方を変えてくれた人がいるかもしれない。

全てを拒否するのではなく、人脈を作ることを決めたのだから、いつまでもラース様におんぶにだっこではいけないのだ。

——自分の足で歩かなくては。

そう思って、ラース様の先に立って歩き出そうとしたら。

ふいに、手首を掴《つか》まれた。

掴んだのはラース様だ。彼にとっては無意識の行動だったみたいだ。驚いたように自分の手を見ている。

「すみません。あなたがよろけてしまいそうに見えて」

手が離される。

消えてゆく温かさに、私はなぜか寂しさを感じる。

「お気遣いをありがとうございます。さ、会場へ戻りましょう」

私はそう促して、もう一度歩き始めたけれど。

心細さを感じた瞬間に繋がれた手に、支えてくれる人がいるのだと思い出し、心が少し温かくなっていた。

※※※

あの時、リネアがそのまま自分から遠ざかっていきそうな気がした。もうラースの手は必要ないと。

そのことに胸に風が吹き込んだように、ラースは感じた。

引き止めたい。そう思って、ラースは彼女の手を摑んでしまったのだ。

「なぜ……」

どうしてそんなことをしたのか、ラースは自分の気持ちがよくわからなかった。

閑話 3

アルベルトは目的の人物を見かけ、足早に近づこうとした。

けれど横目でそれを見つけた該当人物の仲間が、サッと本人とアルベルトの間に割って入り、視界に入れないようにする。

あげく、他の仲間達《たち》が声を大きくしてしゃべり始めるものだから、アルベルトの声は届かない。

（無視したんじゃないと言い訳をするために、わざわざ仲間まで使ってるんだな。卑怯《ひきょう》な女だ）

その卑怯な女、リネア・エルヴァスティは、一人の青年の背中に隠れて後ろ姿の一部とこげ茶色のあまり見栄えのしない色の髪が見えるだけだ。

彼女を隠している青年は、とてもアルベルトが率直に声をかけられるような人物ではなかった。

スヴァルド公爵ラース。

アルベルトの一つ上だが、すでに公爵家の当主になっている。王族で、王位継承権まで持つ人間で、アルベルトでは太刀打ちできない。

一体どうやってリネアはこんな人物と交流できるようになったのか。

「どうやってたらしこんだ……」

リネアにできることといったら、それぐらいしか思いつかない。容姿だけはまだ見られるものなのだ。

そもそもあの悪名高いエルヴァスティ伯爵の娘であるというだけで、誰もが顔を背けるはずなのに、なぜ公爵は彼女に近づいたのか。

「あの方、うまくやりましたわね」

その時アルベルトに、顔見知りの男爵夫人が近づいてきた。

父の友人が彼女の夫なのだ。今日は王宮のパーティーに呼ばれていたらしい。若い男が大好きな困った人だが、何かと情報をくれるのでアルベルトは無下にしないことにしている。

「もしかするとスヴァルド公爵が彼女を気に入って、婚約するために、評判の悪い家の娘ではない、という背景を用意してあげたのかもしれませんわね」

「どうやって取り入ったのだか……」

舌打ちしそうなアルベルトに男爵夫人が笑う。

「女性の武器か、それとも実の父親のお金か、そのような所だとは思うのですけどね。ただ神殿と縁が深い家が養子先ですからね。あの家が、不品行な娘を受け入れるとは思えないのですよ。だからほら」

男爵夫人がいたずらっぽい顔をして、自分の耳に手を当てる。

周囲の声を聞けというのだろう。

もう十分に聞いたアルベルトは、自然と嫌そうな表情になってしまう。

やれ、高潔なレーディン伯爵が養女にしたのだから、本当は心根の美しい娘なのかもしれない、なんて話が聞こえてきたのだ。

スヴァルド公爵が自分の取り巻きを紹介しているのだから、自分の懐に入れるつもりなのは間違いない。

そもそもスヴァルド公爵は、エルヴァスティ伯爵を避けていたはず。なのに彼女を援助するのだから、冷遇されていたという噂《うわさ》は本当なのかもしれない。

全てリネアに都合のいい意見ばかりだ。

「公爵閣下も人を見抜く目をお持ちの方です。その証拠に、あなたのお父様には近づかないでしょう?」

「……特にあくどい人間ではないと思うのですが」

反応すると男爵夫人がクスクスと笑い出した。

「借金で首が回らなくなりそうになる以前から、お金の匂いがするところにあちこち顔を突っ込んでいた方ですもの。清廉潔白なわけがないでしょ?」

「失礼。少し酔ったようなので風に当たってきます」

アルベルトは不愉快さから、よくある断り文句を口にして男爵夫人から離れた。

「本当に失礼な女だ」

自分の父が清廉潔白だとは思っていない。だが公爵に避けられるほど評判が悪くなるようなことはしていないはずだ。

「全部金が、金が悪いんだ。元はといえば、領地の立地が悪いだけで」

アルベルトの父の借金は、最初は水害にあった領地の立て直しのため、治水のために抱えたものだった。

それが転落の始まりだった。

ちょうどその頃に、銅鉱産の鉱脈が尽きてしまった。

新たな鉱脈を見つけなければ。そのために資金を集めたものの、鉱脈は見つからず、それ以上資金を集めるあてがなくなってしまった。

ならばとにかく農業に力を入れるしかない。

そのための事業費を求めたものの、産業はそれほど活発ではない。となればどこからかまた借金をするしかないのに、鉱脈の一件であちこちに声をかけたために、もう借りられるあてはなかった。

だから仕方なく、エルヴァスティ伯爵に頼むしかなかったのだ。

代わりに受け入れたのが、一人娘のリネアとの婚約。

そのつい先頃に、いつか結婚すると信じていた可愛《かわい》らしい婚約者の家が没落してしまったこともあって、アルベルトは受け入れるしかなかった。

ただ最初から嫌な予感はしていたのだ。

ミシェリアと自分との婚約が駄目になった直後のことだったから、リネアがアルベルトとの結婚を望んで、そのためにミシェリアのアレリード伯爵家が、エルヴァスティ伯爵によって潰されたのではないかという疑いを持っていた。

それを肯定したのは、再会したミシェリアだ。

「あなたと結婚したがったリネアのために、私の家は潰されたんだわ」

そう言って涙をこぼすミシェリアに、アルベルトは心底同情したし、彼女がもう婚約者ではなくなったことを、残念に思った。

それから会えば会うほど、再びミシェリアに惹《ひ》かれていく。

悪辣なリネアよりも、愛想が良く可愛らしく、何よりもアルベルトを穏やかな気持ちにさせてくれる。

けれど彼女は平民になってしまった。何より、エルヴァスティ伯爵からの借金を返さない限り、ミシェリアと結婚することなど不可能だ。

パーティー会場を出て、庭に下りた所で、アルベルトはため息をつく。

せっかくリネアが別の家の娘になったのなら、婚約を解消するのにうってつけなのに、父親は何としても婚約を継続しろとアルベルトをせっつくのだ。

他家の娘であっても、エルヴァスティ伯爵の血が流れていることには変わりない。借金の返済を待ってもらうためにも、婚約の継続は絶対に必要だというのだ。

とにかく一度確約を取っておけと言われて、仕方なくリネアと話そうと思っても、スヴァルド公爵達に阻まれる。

「どうしろというんだ。いっそあの女がいなければ……」

そうつぶやいてしまった時だった。

「恋のお手伝いをいたしましょうか？」

「え？」

突然近くから聞こえた声に、アルベルトは自分がまったく周囲に注意を払っていなかったことに気づいた。

振り返れば、十数歩離れたところに、見覚えのある女性がいた。

オーグレン公爵令嬢エレナだ。

「こ、恋の手伝いとおっしゃいますと……？」

何度か話はしたことがあった。いつもアルベルトには優しいので、少し自分に気があるのではないかと思っていた人物だ。

でも身分が違いすぎる。

そもそもオーグレン公爵は、娘のエレナを王子の花嫁にしたがっていると聞いたことがある。王子と結婚するなど、王族の一員であるエレナのような高貴な令嬢か、他国の王女ぐらいしかできないものだ。

だから彼女は、たまさかアルベルトを気に入ってくれていただけなんだろうと思っていたが。

恋の手伝いとはいったいどういうことを言いたいのだろうか？

アルベルトの問いに、エレナはすぐに答えた。

「学院の下働きをしているミシェリアという女性。元は貴族令嬢だと伺っているわ。アルベルト様はあの方と結ばれたいのでしょう？　有名ですものね、学院の中で仲睦《むつ》まじくしてらっしゃる姿を何度も見たわ」

「はい……その……」

リネアへのあてつけでやっていたことだが、改めて他人からこんな風に言われると、少々気まずい。

そんな思いを見透かしてか、エレナはくすくすと笑う。

「気になさらなくていいのよ、ご婚約の頃から女性を囲う貴族は多いですからね」

「その、お目汚しを……」

アルベルトは歯切れ悪くそう言うしかなかった。

たとえそれが認められていても、正妻の座に収まる人物に堂々とうなずくのは失礼だろう。

宗教上、この国では一夫一妻が基本だ。庶子や愛人は本来認められるものではない。ただ貴族の場合は跡継ぎを失った時のため黙認され、裕福な商人達が愛人を持つのは、貧しい庶民の女性が生きる術《すべ》の一つとなっている。

何よりそういった者達から、一定の喜捨を得ている神殿が黙認しているのだ。

ただ正妻達からは、当然恨まれる。場合によっては自分の立場を脅かされかねないからだ。愛人を正妻にするために、正妻を冤罪《えんざい》で陥れることは多々ある。

「気の毒ね、愛《いと》しい人を自分の隣に置くことができない男性は」

アルベルトの謝罪には答えず、エレナがそんなことを言う。

「だからお手伝いしてあげようかと思って」

「な、何をでしょう?」

「リネア・レーディンだったかしら、今は。彼女を消すことを」

アルベルトはひゅっと息を呑《の》む。

今エレナはたしかに『消す』と言ったのだ。

そうなればどんなにいいか。何度も何度も、アルベルトも夢想していた。でも現実にはそんなことできない。

「スヴァルド公爵が……」

彼に知られたらどうなるか。家を潰されるだけで済めばいい方だ。

「あの方も騙《だま》されているのよ。さもなければ、いつもうつむいてばかりの暗い女などに、あの輝かしい方がよりそうわけがないもの」

エレナが言うことは、いちいちもっともだった。

何の魅力もない女。それどころか、そばにいれば汚名を被《こうむ》ることになる。迷惑なだけなのに、スヴァルド公爵がわざわざかばう理由など一つしか思いつけない。エルヴァスティ伯爵が密《ひそ》かに手に入れた薬などを使って、無理やりに籠絡《ろうらく》したのに違いない。

だからスヴァルド公爵ラースはとてもかわいそうな人なのだ。

リネアのスキルについて知らないアルベルトは、素直にそう思う。

「しかし潰すと言っても……」

「それは私が」

エレナは自分の胸に手を当てる。オーグレン公爵家の方で始末してくれるらしい。

でも生来、意気地なしのアルベルトにはどうしても決断できなかった。自分が殺す決断をするのが怖いのだ。

そんなアルベルトの耳に、エレナは甘い毒を注ぎ込む。

「彼女さえいなくなれば、あなたは婚約をしなくてもよくなる。その後は私と一緒になればいいわ。あなたの大事なミシェリアといったかしら？　彼女を囲ってもよろしいのよ？」

「エレナ様と結婚？　でも……」

「大丈夫。家格の差などどうにでもできるわ。私は意に染まない結婚から逃げたいのよ。どうしてもあの王子殿下から逃げたくて……。とても乱暴者という噂もあるし、言動がきつい方だから、一緒にいることになれば何度も泣くことになるでしょう。そんなのは嫌だわ」

エレナは悲しそうな顔をして、自分の肩を抱きしめる。

たしかにコンラード殿下は、言動に問題があると聞いている。王族は学院に通わないので、近しく交流したことはないのだが、横柄な物言いをする方で、その意に反すると直《す》ぐに叱責されると耳にしていた。

それを避けるために、別の人間と結婚したいというのは分からなくもない。現に自分も、とても結婚生活が楽しいものにはならないとわかりきっているから、リネアと結婚したくないのだから。

（それに……オーグレン公爵家なら、スヴァルド公爵のことも抑えられる）

同時にミシェリアのことも、完全に諦めなくてもいいのだ。

アルベルトは、エレナにうなずいてしまう。

「エレナ様がそうまでおっしゃってくださるのなら……。分かりました」

エレナは満面の笑みを浮かべた。

「嬉《うれ》しいわアルベルト様。では、あの方のことは任せてくださいませ。少しだけ協力していただければ、間違いなく役目を果たしてみせます」

その言葉に、アルベルトはほっとしたのだった。

※※※

「本当に馬鹿な人よねリネアは。結婚した後ででも、男が興味を失うほど平民娘の顔に傷をつけるか、始末してしまえばいいのに」

真の貴婦人は、愛人に対して直接怒りを表すことはない。始末すればいいと母から教わった。

パーティー会場を出て、エレナは王宮から出る。

用意させていた場所の前には、いつも通りディオルが待機していた。

エレナは手を差し出す。

「学院へ行くわ。今日あたり、あの話をするのでしょう?」

エレナを馬車に乗せるため、エスコートをしていたディオルに申し付けた。

「左様でございますお嬢様」

「次の段階に進まなくてはね」

エレナは学院へ向かう。

元は離宮だったこともあって、学院は少々遠い。けれどそれでいい。召使い達の夜は遅いのだ。

ひっそりと話をするには、夜中の方がいい。

学院の中に入る。

学院の衛兵には、忘れ物をしたと言えばいい。ディオルが金を握らせ、忘れ物など不名誉なことなので黙っているようにと口封じをしていた。

エレナはそのディオルに案内させて、学院の奥へと進む。

建物を大きく迂回《うかい》した、使用人達が使う井戸から少し離れた場所。普段なら貴族しか出入りを許されない庭園。バラの花が終わった場所にいるのは、あの召使いにも多少は危機を回避する思考力があるのかもしれない。

花が終わったバラの生垣の中、小さな芝生の上で、二人は並んで座っていた。

一人はミシェリア。貴族から転落した娘。アルベルトが執着している、エレナにとって目障りな存在だ。

彼女の金の髪は目立つけれど、エレナの髪の色だって美しい白金だ。よく手入れされていて、艶やかで人の目を引くはず。

それともやはり、顔の造作の問題なのだろうか。

あの何の力もなさそうな、弱々しい見た目が必要だったのか。

ミシェリアを見るたびに、エレナは苦々しい気分になる。

もう一人はエレナの従者レイルズ。ミシェリアよりも濃い金髪の青年だ。取り巻きのユニス嬢から譲られた。小さな商家の出身だと聞いているが、目端が利くので使いやすい。何より顔の造作が美しく、エレナの足を揉《も》むのがとても上手な青年だった。

自分の物が他人を喜ばせるために使われているのは業腹だけど、今回ばかりは計画に必要なことなので仕方がない。

二人は楽し気に会話をしていたが、気配に気付いた従者レイルズが振り返り、エレナに視線を向ける。

エレナは彼にうなずいてみせた。するとレイルズは、予定していた会話を始める。

「……すみません、ミシェリアさん。一つあなたに詫《わ》びなければならないことがあります」

「なんでしょう？」

ミシェリアは不思議そうに首を傾《かし》げた。

「実は……私の主《あるじ》にあなたと会っていることを追求されて……」

「叱責されたのですか？」

ミシェリアは気の毒そうな表情をする。失礼な娘だ。私を何だと思っているのか、とエレナはムカムカとする。

レイルズは首を横に振った。

「同僚に仕事を押し付けられているあなたのことを話すと、とても同情していらっしゃいました。あと、エルヴァスティ伯爵令嬢についても。主もとても嫌悪感をもっていらしたので、共感したみたいです」

エレナは鼻で笑いたくなる。平民に共感することなどありえない。油断させるために必要だと言われたけれど、やっぱり不愉快だ。

「それもこれも、目的を達成するためだから」

自分の気持ちを引き上げるためにつぶやく。

「そうでしたか、オーグレン公爵令嬢が……」

ミシェリアの方は、レイルズの言葉を信じたようだ。

そこを見計らって、エレナはわざと足音を立てて現れる。

ハッと振り返ったミシェリアは、目を丸くして立ち上がった。骨の髄まで、平民としての所作が染み付いているようだ。

その事に気をよくしたエレナは、自分でも思う以上に優しげな声を出すことができた。

「ごめんなさいね話を聞いてしまって。でもあなたの立場で、あの悪の伯爵家の娘と対峙《たいじ》し続けるのは危険だと思ったものだから……。手助けができればと思って、あなたとお話ができる時間に来てみたの」

「手助けですか？　公爵令嬢様がどうして」

なのにミシェリアは、少し警戒した表情になる。

でもいいわ。エレナはそう思う。結果的に自分の思う通りに動いてくれればそれでいいのだから。

「私もエルヴァスティ伯爵令嬢が、気に入らないから。学院で会っても、常に人を見下したような態度をしていることも、人を陥れても何の痛みも感じていないところも、いつも恐ろしく感じていたわ」

本音を少し混ぜたその言葉に、ミシェリアは納得した表情になる。

正直なところ恐ろしくはないけれど。公爵令嬢であるエレナに対しても、もっとへりくだるべきなのに反応の悪いところがイライラする。何よりもアルベルトを奪ったことが許せない。

それは目の前にいるこの女も同じことだ。けど、所詮は平民。愛人にしかなれないような女は自分と同列に扱おうと思わないエレナにとって、ミシェリアはアルベルトのそばを飛ぶ羽虫のようなものだ。

「何よりあなたに声をかけようと思ったのは、もしあなたに覚悟があるのなら、あの女を永久に遠ざける方法を教えようと思って」

「永久に……？」

最初は戸惑うような表情になったミシェリアだったが、数秒後何かを理解したように目を見開いた。

「まさか、殺……」

「ここではっきりと言ってはいけないわ。ミシェリア・アレリード」

エレナはミシェリアの言葉を止めさせる。

ミシェリアは周囲を見回したけれど、エレナは誰かが聞き耳を立てていることを警戒しているのではない。はっきり「殺せ」と言ってしまうと、誰かに露見した時に、ミシェリアがエレナにそそのかされたと言うかもしれない。

でもはっきり口に出していなければ、ミシェリアの勘違いだと言うこともできる。

そんなことを考えもしないミシェリアの様子に、エレナは内心で笑う。

「実行してくれたら、あなたがどこかの家の養女になれるよう口利きをしてもいいわ」

「え……」

今一番ミシェリアが欲しいのは、これのはずだ。貴族の令嬢に戻ることができれば、アルベルトの正妻に収まることも可能だ。

そして同時に、憎いリネアを排除したいのだ。

レイルズによるとミシェリアは、リネアは別の貴族の家の養女になったのだから、アルベルトではない人物と結婚して王都から出て行って欲しいと願っているらしいのだ。

そうすればアルベルトと結婚できなくても、憎いリネアの姿をもう見なくても済むから。

二つの願いが一気に叶《かな》うのだ。

何よりミシェリアは、アルベルトが自分のことを考えてくれていないのではと焦っている。

焦りは判断を誤らせるもの。そしてミシェリアは、エレナがアルベルトを欲しがっていることを知らない。

（さあ、この手を取りなさい）

レイルズに視線を向け、もう一度背中を押させる。

「エレナ様の計画している方法を知ったら、あなたはヘルクヴィスト伯爵子息に対して、秘密を握ることができます。おそらくはご本人も存じない、伯爵家の秘密を。これを握っていれば、結婚に反対するかもしれないヘルクヴィスト伯爵を簡単に説得することができるでしょう」

「え……」

「けれど本当に重大な秘密なので、おいそれとは明かせません。この計画にうなずいてくれなくては」

餌の数は足りているはず。

後はただ待つだけだ。獲物がひっかかるのを。

そして数秒後、ミシェリアはうなずいた。

エレナは微笑《ほほえ》んでミシェリアに言った。

「大丈夫。あなたにしていただきたいのは、そこへリネアを案内することだけよ」

それならば簡単だと思ったのだろう、ミシェリアは表情を明るくした。

四章　誘拐事件で明かされる真実

あのパーティーから一週間後、私はラース様と一緒にグランド侯爵のお茶会に出席していた。

グランド侯爵は、王宮のパーティーで会った人だ。

珍しそうに私に話しかけてくれたのだけど、びっくりなことに話が合った。

グランド侯爵は聖花菓子が好きな人だったのだ。

それが高じて、聖花の絵を集めているらしい。

その聖花の絵を沢山飾っている部屋でお茶会をするという話を聞いて、是非参加したいと言ったら、招待状がすぐにやってきたのだ。

「沢山聖花の絵が見られるというのが、とても嬉《うれ》しいですね」

出発の前からラース様はわくわく顔だ。研究のきっかけが何であれ、聖花のことは大好きなようだ。

研究意欲も触発されて、スケッチをしたいと紙まで持って行こうとしていた。

「後日、お借りしたらよろしいのでは？」

従者のマルクに進言され、

「そうですね。そうしましょうか」

納得して持って行くのはやめたようだ。

お茶会の間中スケッチをし続けるのはどうかと思っていたので、私はちょっとほっとしている。

古い家柄のグランド侯爵家の館は、王都の王宮に程近い場所にあった。

敷地こそそれほど広くとってはいないけれども、年数を重ねて味がある煉瓦《れんが》造りの館は、スヴァルド公爵家と同じぐらい大きい。

その広間の一室に案内されると、ラース様は目を輝かせた。

私も沢山の聖花の絵を見るのは初めてで、勧められるまま一つ一つ絵を鑑賞させてもらった。

「これはすごいですね。僕が見たことのない聖花もあるようですよ」

ラース様にそう言われて、中年のひょろっとした体形のグランド侯爵も、大変興奮した様子で熱心に説明をしていた。

「何せ体が丈夫ではなかったものですから、自分で見に行くことができないんですよ。それで体力のある絵描きに見に行かせて、描かせた絵を買い取っているんです」

ちょっと変わった画家のパトロンだ。でも肖像画を描くため呼び寄せるのと、似たようなものかしら。行く場所が過酷だけれど。

「たしかにこれは、体力がある画家でなければ見に行けないものばかりですね」

思わずつぶやいてしまった私の前にあるのは、崖に咲き乱れる聖花の花畑の絵だ。

この崖がある場所まで行くのが、大変だろう。周囲の風景から察するに、山奥のようだ。

少し眺めている間に、他の参加者がやってきた。

それでも全員で十名。小規模のお茶会なので、緊張しすぎず参加できた。

しかも会話の間が持たなくても、絵を見ていればなんとかなる。

そもそも聖花の絵が興味深くて、その話題だけであっという間に時間が過ぎていった。

お茶会なので、たしかにお茶を飲んでいたのだけど、そちらより絵の方が印象深い。

私は何人かの方に、また会いましょうと言ってもらい、嬉しい気分で会場を後にすることができた。

「ではまた、程よい時に鑑賞会を設けましょう」

グランド侯爵のその言葉で、今日のお茶会は終わった。

そうして皆が引き上げようとしていた時だった。

とても難しい表情で、中年の家令が侯爵に何かを耳打ちしていた。何か問題があったのかしら。

話を聞いた侯爵が、私達《たち》の方へやってくる。

視線はラース様に向けられていたので、彼に用事があるらしい。

「申し訳ございませんスヴァルド公爵。あなたを訪ねて、招かれざる客が来ているようなのです。ただ非礼な行いをしているわけではなく、出てきた時に話をしたいということで、門の外で待っているようなのです」

侯爵家の家令は、貴族の車が門の外に堂々と停《と》まっているので、お茶会の客かと思ったらしい。

それにしては変だと、従僕に様子を窺《うかが》わせたのだ。

するとと馬車に付き従っていた従僕が、主人はスヴァルド公爵にお会いしたくて待っているのだと言ったそうだ。

「そのお客というのは？」

「ヘルクヴィスト伯爵子息のアルベルト様だそうで」

名前を聞いて私は思わず顔をしかめてしまう。

彼に迷惑をかけられた事については記憶に新しい。因縁のある相手が、ラース様に、手紙や直接屋敷を訪問することなく接触しようとしているのだ。

何かおかしな物言いをつけに来たのではないだろうか。

警戒心が湧くものの、たしかにグランド侯爵の言うとおり、非常識なことをしているわけではない。

たまたま馬車があるのを見かけて、ほんの少し話をしたいと思って待つ、というのはありうることだからだ。

ラース様はしばらく考えて答えた。

「……少し話をしてみましょうか。用事は私の方にあると言っていたのですよね？」

「はい。そのようです」

ラース様は私を振り返った。

「リネア嬢は、先にお帰りになっていてください」

「あの、もし私のことだったら、私の方からお断りをしますが」

迷惑をかけたくなくてそう言うと、ラース様は私の頭を一撫《ひとな》でして微笑《ほほえ》んだ。

「心配なさらないでください。あなたを守ると誓ったのですから、こういうことは僕の仕事ですよ」

そう断られてしまうと、私には反対できない。せめてと申し上げる。

「では、アシェル様と一緒にお話を聞くようにしてください。万が一のためにも」

先日のヘルクヴィスト伯爵のやりようを考えると、どこかにならずものを潜ませておいて、ラース様に危害を加える可能性だってあるのだ。

「あなたを安心させるために、そのようにしましょう。マルクだけをつけて帰すのは少々心配ですが……」

そこは問題ないと私は思っている。

何せ私には誰も触れられない。場合によってはマルクの方が危険なぐらいだ。そういうことがあったら、マルクには応援を呼ぶために私の側《そば》から離れてもらった方がいい。

なんてことを考えつつ、私は明るい表情で言った。

「大丈夫です。私、結構しぶといですから」

「仕方ないですね」

ラース様が折れて、話がつく。

その時ようやく、グランド侯爵がちょっと頬を赤らめてこちらを見ていることに気付いたけれど。

どうしてかしら？

あ、ラース様が私の頭を撫でたせい？

今度からは、あまり外ではそういうことをしないように、ラース様にお願いしなくては。

私はラース様の馬車に乗って帰ることになった。

ラース様はアルベルトと話をした後で、グランド侯爵の馬車を借りて帰ることになる。

ラース様の館まではすぐだ。

先ほど見た聖花の絵画のことを思い出しながら、ぼんやりとしていると、ふとおかしなものが見える。

あれは学院の召使いのお仕着せ。

金の髪といい、ミシェリアではないかしら？

その彼女が曲がり角の向こうで、誰かと揉《も》み合いになっている。相手は複数の男。近くに馬車があって、扉が開いていて、中にいる男がミシェリアの近くにいる男に手を振っている。

連れ去られそうになっているの？

「…………止めてください」

考えたのは数秒。

馬車が停まり、マルクが扉を少し開けて確認を取りに来た。

「どうなさいましたか。ご気分でも……？」

「ごめんなさい。今連れ去られそうになっている人を見かけて。知っている人なの」

私にとってはいい人ではない。どこか遠くに行ってほしいと願っているような相手だ。

それでも目の前で犯罪被害にあっているのを見逃して、放置することなんて私には無理だった。

何より私には、スキルがある。

「助けてあげてほしいのだけど。万が一のために私も一緒に行きます」

離れるより、近くにいた方が何かあった時にどちらかが相手の状況を把握できるし、対処しやすい。

マルクは少し迷ったようだけれど、最終的にうなずいてくれた。

私は馬車を降り、マルクと一緒に先ほど見かけたミシェリアの下《もと》へ向かう。

馬車が近くに停まっていたので、すぐに彼女の声は聞こえてきた。

「誰か助けて！　やだ、触らないで！」

彼女の姿が見える場所まで行くと、近くの馬車に押し込まれる寸前だった。

マルクは近づいて、落ち着いた声で呼びかけた。

「そこのお嬢さん、こちらへ」

「えっ」

ミシェリアはマルクのことを知らないせいか、助けが来たというのに反応が鈍い。

でもその間に、そばにいた男に小脇に抱えられ、引きずられてしまう。

仕方なくマルクは、ミシェリアを捕まえた男を一瞬で叩《たた》きのめした。

解放されたミシェリアは、その場に座り込む。

男達は当然マルクに襲いかかって来る。

マルクは想像以上に強くて、彼らを自分に寄せ付けないけれど、ミシェリアをかばいながらでは動きにくいようだ。

私は考える。

他人を起点にこのスキルは使えない。あくまで起点は私なのだ。

「視界にいる中で、私からもっとも離れたところにいる三人が、こちらに近づけないように」

つぶやくと、相手の馬車の中にいた男とその近くにいた二人が、マルクに向かって行こうとしたけれど壁に阻まれたようになる。

その間にマルクは、近い場所にいた男達を倒し、ミシェリアの手を引いた。

「逃げたいのなら立ってください」

「は、はい」

困惑しながらもミシェリアが立ち上がった時、彼女を連れ去ろうとしていた男達が、引き上げていく。

捨て台詞《ぜりふ》も何もなかったので、一体何が目的だったのかわからない。それはミシェリアに聞けばいいだろう。

「お嬢様」

マルクが、少し離れたところにいた私の下に、ミシェリアを連れてくる。

「リネア・エルヴァスティ……」

ミシェリアの表情が険しくなった。というか、もうエルヴァスティではないのに……と私は思う。

「あの男達が戻ってこないとも限らないわ。安全を確保したいのなら、一緒に馬車に乗せてあげるけれど」

いちいちミシェリアの言動にこだわっていては話が進まない。私はそうミシェリアに言い、マルクに馬車を近くに寄せてくれるよう頼んだ。

「行かないというのなら、そのまま一人で帰るといいわ」

どこへ行く気だったのかもわからないし、学院に帰るつもりなのかも知らない。とにかく一度は助けた。その後は危険な道を選ぶのも、我慢して私といることにするのも、ミシェリアが決めればいい。

私もさすがに、嫌がる人を無理やり助ける気はない。

ミシェリアは悩んでるようだった。うつむき黙っている。

と、その時。

馬の嘶《いなな》き、慌てる御者の声。

振り返れば、馬が暴れて御者が慌てて御者台から降りていた。

マルクも私も、それに気を取られた瞬間だった。

鼻を突くような香りが広がる。

途端に手足がしびれて、その場にしゃがみ込むしかなかった。それはミシェリアも同じだ。

「なん、なんで!? どうして私まで!」

ミシェリアも予想外だったようで、困惑した表情で辺りを見回している。けれどそのうちに力尽きたように眠り込んでしまった。

私の方はしびれた時点で、何かの薬だと察した。

大雑把な指示でスキルが発動するかわからなかったけれど、薬が自分に触れないようにと念じてみる。

うまくいったのか眠るようなことはなかった。けれど、それまでに吸い込んだ分でしびれて、身動きができない。

首を巡らせ、離れた場所にいるマルクを見た。

言葉で指示をしたら、きっと近くにいる敵に動きを知られてしまう。

だから私は、指先を動かして指示しつつ、マルクにここから離れるように念じた。

マルクの足が後ずさりするように動く。スキルが発動して、押されているみたいだ。私に近づけないでいる。

そのおかげで、マルクに私の真意が通じたみたいだ。彼は急いでその場を離れてくれる。姿が消えたことに安心した私は、ちょっと考えてミシェリアのように眠り込むふりをした。

このままでは逃げようがないし、スキルのことを知られるのも嫌だ。

どうせなら、こんなことをした敵が誰であるのか暴きたい。

二つの目的を果たすため、私は目を閉じる。

誰かが近づいて来た。足音がする。

「予定通りだ。二人とも運べ」

応じる声と共に、私は布の担架のようなものに乗せられて移動し、硬い木の上に転がされた。手足がしびれているせいで、触られているとうめき声をあげたくなったけれど、なんとか我慢した。

もう一つ物音がしたので、ミシェリアも同じように移動させられたんだ。

やがてガタガタと揺れながら、私が乗った何かは動き出したので、多分馬車なのだと思う。

どこへ連れて行かれるのか……。

うっすら目を開けて確認しても、布に包まれているせいで何も見えない。

すぐ近くに人がいた場合、布をはいだ途端に私が眠っていないことがばれてしまう。しびれた体でその状況に陥るのはあまりよろしくない。

何より自分を誘拐する者達に、最後の切り札でもあるスキルのことを知られたくないのだ。ただし、すぐに刺し殺されたりするのを警戒して、自分の体から爪の先ぐらいの距離には、何も触れられないようにスキルを発動してみる。

あれ？　少し体が浮いた気がするわ。

馬車も拒否対象になったらしく、私の体が浮く。おかげで木の板に振動が起きるたびにゴツゴツ当たるのを避けられるようになった。思わぬ副産物だ。

やがて馬車が止まるまで、とても時間がかかった。

少し眠りそうになったくらい。

「目を覚まさせなさい」

ん……？　ものすごく聞いたことがある声ね。

まさかエレナ嬢？

「目を覚まさせる薬はないの？　あるんでしょう？　じっくりと恐怖を感じさせながら殺したいから、と言ったはずだけど」

この高飛車な話し方、理不尽な言葉の内容、どれをとってもエレナ嬢らしい。

「少しお待ちください。すぐ効果があるとは限りませんが……」

その言葉の後、私は馬車から降ろされた。極薄くブロックスキルで接触を拒否したままでいたけれど、相手には気づかれなかったみたいだ。

それからふと、シナモンにも似た強い匂いが鼻をくすぐる。

目を覚まさせるものだから、そう悪い薬ではないはず。むしろ解毒薬ではないだろうか。

危なかったらすぐにブロックしようと思いつつ、そっと嗅いでみる。

あ、やったわ。しびれの方も良くなった。やっぱり解毒薬だったみたい。

「う……」

すぐ隣でうめき声がした。ミシェリアも目を覚ましたようだ。

私も起きた演技をしなくてはならない。

まずはうっすらと目を開ける。

覆っていた布は取り去られて、緑の葉が茂る木々が見える。と言うか、視線を移しても木ばかり。

ここは森だろうか？

私とミシェリアの近くには、そろいの緑の上着を身に付けた青年が二人。ミシェリアを誘拐しようとしたのと同じ男達の姿もある。

私より先に、ミシェリアが起き上がる。そして悲鳴のような声を上げた。

「エレナ様、どうして！」

あ、やっぱりあの声の主はエレナ嬢だった。

「私は誘い出すだけだと聞いていたのに！　騙《だま》したんですか!?」

「騙しただなんて言いがかりをつけられても困るわ。誘い出すだけなのは本当だったでしょうに。

気絶させてここまで運んだのも、全て私が手配したことだもの」

「私まで巻き込まれるだなんて聞いていません！　帰らせてもらいます」

ミシェリアはふらふらとしながら立ち上がったが、すぐに誘拐犯をしていた男に羽交い締めにされる。

「やだ、放して！」

そんなミシェリアの様子をエレナ嬢が笑う。

「いやね、あなたも一緒に始末することを伝え忘れていただけじゃないの」

「なんで……」

「アルベルト様の側にいつまでもまとわりつく羽虫を、放置するわけがないでしょう？」

聞く限り、ミシェリアは私を殺す陰謀の片棒を担ごうとして、騙されたみたいだ。エレナ嬢の方は初めから一緒に始末したかったらしい。

アルベルトを独り占めにしたいエレナ嬢なら、そう考えるのが自然だろう。とても迷惑だけど。

でもその時、エレナ嬢がとんでもないことを言い出す。

「一つだけ、条件を満たせばあなたを見逃してもいいわ……。そこにいるリネアを殺しなさい」

「ちょっ」

私は慌てて起き上がった。

それとほぼ同時に、エレナ嬢の従者がミシェリアの前に短剣を投げた。

足元に転がった短剣を見つめたミシェリアは、私をじっと見て、それからゆっくりと短剣を拾い上げる。

ミシェリアはやる気みたい。

エレナは満面の笑みを浮かべている。

「実行できたらもう一つご褒美をあげてもいいわ。あなたがリネアを殺したことは私達の秘密にしてあげる。黙っていれば、そんな恐ろしいことをした娘だと思わず、アルベルト様もまだあなたに構ってくれるでしょう。愛人になるくらいなら、見逃してあげるわ」

ミシェリアは短剣の鞘《さや》を払った。

立ち上がった私を見据える。

……そんなにも好きなのね。

それを知って、私は妙にすがすがしい気分になった。

一心に恋しているのなら、彼女の行動も納得できる。

今までは、貴族の立場を失ったから、アルベルトという糸にすがりついているのだと思っていた。

そこしか、貴族らしい生活を取り戻す方法がないから。

でも本当にアルベルトのことが好きなら、どうにか私は、彼のことなどなんとも思っていないと伝えたくなる。

実の父がしたことで恨まれてはいるけれど、アルベルトのことは私のせいではないから。

考えて、ミシェリアが一歩を踏み出した時、私は言った。

「愛人のままでもいいの？」

ミシェリアは「何を言っているの」という表情をしている。

「アルベルトの方は、あなたを軽く見ている。貴族の立場も捨てたくない。家が傾くのも嫌。だから私がいなくなったとしても、きっと家を援助してくれる別の貴族令嬢と結婚するでしょう。あなたではないわ。……あなたのことは好みかもしれないけれど、結婚なんて考えていない。そんなずるい人よ」

「そんなの……そんなの！」

「わかっていると思うけど。あなたの本当の望みは違う。その望みを持っている限り、あなたは次々とアルベルトと婚約する人や結婚した相手を恨み続けなければならない。だから自分の本当の望みをアルベルトに話して、二人でどうするのか考えるべきではないかと思うの。もしあなた達が、お互いを愛しているのなら」

正直アルベルトはヘタレである。

父親の言うことに逆らう気概もない。貴族の生活も捨てたくない。

何より悪いのは、父親を説得してミシェリアをどこかの貴族の養女にして、結婚するという道を選ぶ気も全くないことだ。努力して何かを勝ち取ろうとしないのだ。

立場が弱い、誰からも嫌われてる人間には強く出られるけれど、他の人に対しては自分の願いを堂々と言うこともできない。

「アルベルトに話したらいいわ。ヘルクヴィスト伯爵家を援助できて、娘が欲しい家なんて探せばあるはず。お金を持っている成り上がりの家でもいい。あなたがそこの養女になれば、結婚だって夢ではないはずよ」

「え……」

ミシェリアは呆然《ぼうぜん》とした顔で、私を見る。私に向けられていた短剣の切っ先が下がった。

「なんで……。どうしてあなたが、私の後押しをするようなことを言うの」

ミシェリアは、真面目に自分達の関係を考えた私の発言に、驚いたらしい。

だからわかりやすく、私は答えた。

「私はあの人が嫌い。だから早く引き取ってほしいだけ」

ただし、この状況にミシェリアは戸惑いがあるみたいだ。

「でも……どうやって逃げたら」

方法はあるけれど、さてどうしたものか。

私は自分に恨みを持っていなくても、さすがにミシェリアに自分のスキルを教えたくはない。

隠す方法を考えていると、少し離れた場所で私達を見ていたエレナ嬢がわなわなと震え始める。

「リネア・エルヴァスティ……」

地の底を這《は》うような声で名前を呼ばれる。

「いつもいつも邪魔をして。同じようにアレリード伯爵家を排除したのは、オーグレン公爵家も同じなのに。なぜあなたがアルベルト様を手に入れて、私が手に入れられなかったの。公爵令嬢である私が優先されるべきなのに！」

エレナ嬢の発言は、予想外の事実を含んでいた。

——え？

まさかと思うけどどこういうこと？

ミシェリアの家を没落させるために、うちの父だけではなくエレナ嬢の家も関与していたということ？　何のために協力したんだろう？

その時ふと、私はひらめく。

——侵略させるため。

いくら私の実父があちこちの家の弱みを握ったり、陥れて資産を増やしたとはいえ、侵略の手引きができるほどのものではないはず。なぜなら伯爵家と言いながらも、エルヴァスティ伯爵家の領地は猫の額ほど。

先代の時期に借金を重ねたせいで、領地の大部分を手放してしまっていたから。

何よりエルヴァスティ伯爵家は嫌われすぎている。

恨んでいる者達は、少しでも隙を見つけようとするだろうし、目についた途端に攻撃するだろう。

侵略の計画を進めたり、隣国とやり取りをしていたら、すぐに露見してしまいそうだ。

でも夢ではそうはならない予定だ。

理由を考えたら、協力者がいたと考えるのが自然だろう。

オーグレン公爵家なら、隠《かく》れ蓑《みの》に使える。そしてエレナ嬢を見ている限り、その父親の公爵だって、かなり自分こそが一番だという考えを持っていそうだし、ラース様よりも高い王位継承権を持っていないことに、イライラしているかもしれない。

動機なら色々と思いつくのよね。

一方で私の実父もこれを利用しようと考えたのかもしれない、と思う。

上手《うま》く計略に乗せて、協力をさせたら、オーグレン公爵家は侵略の最中に潰してしまえばいいのだ。多分うちの父ならやれる。

どういう方法を使うのかは想像もできないけれど。あのあくどいことを考えるのだけは天下一品のエルヴァスティ伯爵なら、雑作もないに違いない。

新たな真実を見つけたことに驚いている私に、エレナ嬢は指を突きつける。

「もういいわ。もう一度あの薬を使って。早々に餌食にしてしまいなさい」

暗い表情をしたままの金の髪の従者が、何かの粉をばらまく。

「息を止めて！」

私は自分をブロックスキルで守りつつ、ミシェリアに言った。

混乱した表情ながらも、ミシェリアは口を押さえたものの、しばらくして座り込む。

でも倒れているわけじゃない。少し吸って、いくらかしびれただけだと思う。

私も同じように、座って見せた。

そんなミシェリアと私の姿に、エレナ嬢は高笑いする。

その時、おかしな物音が聞こえた。

とても重たい物を、引きずるような音だ。

同時に、さっと周囲が寒くなる。

周囲の地面も、うっすらと粉砂糖をまぶしたように白い。霜が降りているように見えるし、木々の緑の葉もどことなく白くなった。

こんなこと、魔法かスキルでもない限り、できない。

——ゴァァァ。

やがて、低い猛獣の呻《うめ》き声《ごえ》のようなものが聞こえて、エレナ嬢達の後方に声の主が姿を現した。

「……蛇？」

伸び上がったその頭は、木よりも上に出ている。地面をずるずると移動するたび、先ほど聞いたのと同じ音がした。

「ひぃっ……」

ミシェリアは目を見開いて絶句していた。

私は顔がこわばるのを感じる。

これは……魔獣だ。

魔法のような力を使う、普通ではない生き物。

でもなぜ、こんな王都の近くに？

答えは、自分の願いが叶《かな》うことに気を良くしたエレナ嬢が、ミシェリアに語った。

「安心して。アルベルト様にも、あなたはこの魔獣に食べられた、と教えてあげる。だってあれをここに隠したのは、アルベルト様の父。そして秘密を知っていると明かせば、あの方は私の靴を舐《な》めてくれるぐらいに従順になってくれるでしょう」

「あ……」

ここで、王宮で聞いた話と繋《つな》がった。

ミシェリアの父は、魔獣を隠し育てていた。

ヘルクヴィスト伯爵はそれを知っていて、おこぼれに与《あずか》ろうと近づき、アルベルトとミシェリアを婚約させたのね。

でもアレリード伯爵家が潰されそうになって、ヘルクヴィスト伯爵はどうせならと魔獣を一匹捕獲。

もしかしてわざわざ評判の悪いエルヴァスティ伯爵に借金を申し込んだのは、うちの父もそのことを知っていると感づいていたから？　エルヴァスティ伯爵がお金を貸して、未《いま》だにヘルクヴィスト伯爵が潰されずにいるのも、その秘密を共有しているから？

だけどいつか捨てられることを恐れて、ヘルクヴィスト伯爵は婚約も要求したのではないかしら。って、そんな考察の前にあれを何とかしなくては！

スキルをなるべく人に知られずに逃げる方法を考える私をよそに、エレナ嬢はミシェリアに言う。

「でも、元々あの魔獣を育てていたのは、あなたの父親ですものね。清廉潔白なふりをしつつ、魔獣を飼っていたなんて、何をたくらんでいたんだか」

「違う、違う。お父様は魔獣なんて育ててない！」

「残念ながら、本当のことなのよねぇ。でも娘がその餌になるなんて、皮肉なものよね？」

立ち去ろうとしたエレナ嬢は、振り返って二人の従者に命じた。

「ああ、リネアとその平民娘が死んだ証拠を残しておいてね。手の一本とかでいいわ。全部食べられてしまったら、アルベルト様に死んだと言っても信じないでしょうし。その後は、時間が来たら森の奥に引き返させるから、あなたは逃げていらっしゃい？」

笑いながら、エレナは近くに置いていた馬車に乗って、いなくなる。

付き従っていた他の男達は、エレナ嬢と違っていつ襲われるのかわからず、怯《おび》えてものすごい速さで馬車を追いかけて走っていった。

取り残されたのは、私と震えて動けないミシェリア、そしてエレナ嬢の従者が二人。

この従者達も、魔獣に襲われない何らかの方法を知っているんでしょう。でなければ、エレナ嬢があんなことを命じるわけもない。

たぶんミシェリアの父が飼育できたのも、その方法を知っていたからだろうし、アルベルトの父が魔獣をここへ移動させるのにも使っているはず。

その方法がわかれば……と思うが、死んだような表情の金の髪の従者にも、エレナ嬢の言うことを実行しようと早々にナイフを取り出した茶色い髪の従者にも、普通に尋ねたところで答えてもらえる気がしない。

どうしようかと思っているうちに、茶色い髪の従者が早々にこちらを狙って来た。

「…………弾《はじ》け」

私は自分の周囲を大きく覆う壁を想像する。

茶色い髪の従者は見えない壁にぶつかって、派手にその場に転んだ。ナイフも取り落としてしまい、信じられないといった表情でリネアを見ている。

目を見開いているのは、金の髪の従者も、ミシェリアも同じだ。

自分の身を守るには仕方のない選択だったけれど、私はため息をつきたくなる。

この後は、どうやってこの三人を口止めするか考えなくてはならない。エレナ嬢に知られる前に……。

「あっ……と」

ぼやぼやしてる間に、とうとう蛇の魔獣が間近に迫ってきていた。

従者達はこれまでかと思ったのか、私達の下から離れる。

蛇は、従者達の方を追いかけず、私とミシェリアに迫ってくる。

大きく息を吸って、真っ白な氷の息を吹き付けた。

ミシェリアはしびれていて動けない。

「ブロック！」

私は氷の息が触れないようにスキルを発動する。そうしながら、蛇に向かって進み出た。

おかげで私を中心とした半径五メートルくらいだけが、土の色が残っていて、周囲は水晶のような氷が突き立つ、幻想的な風景に変わっていた。

凍りつかずにいたのは、私と近くにいたミシェリアだけだ。

「直撃してたら死んでるじゃないの……」

そもそも凍らせるのなら、私やミシェリアが死んだ証拠を残す必要がなさそうな。……あ、違うわ。きっと蛇が食べようとするのね。

続けて蛇をブロック。

蛇は私の身長二つ分ぐらいのところで、ぐあぐあと空中に噛《か》みついて怒っている。目の前にいる餌が食べられないせいかしら。

「スキル……なぜ」

その時ようやく、正気を取り戻したらしいミシェリアが、つぶやいた。

やっぱりこれ見ちゃったら、すぐにスキルだってバレるわよね。

でも独り言みたいだし、答えなくてもいいか。むしろ私の方に聞きたいことがある。

「あなたはどうしたい？」

「え？」

ミシェリアが首をかしげた。

「このままだと、あなたは死んでアルベルトはエレナ嬢のものになる」

「そ、そんなの嫌よ！」

わなわなとミシェリアの唇が震える。即答したのだから、それが彼女の紛《まご》うことなき本心だろう。

「生き残るためには私の手を借りなくてはならない。その場合、このスキルについて口をつぐみ続ける誓いを立てない限り、私はあなたを助けられないわ」

これが最低条件だ。

今まで嫌っていた私を、生き残るために利用するだけならいくらでもできるだろう。私を貶《おとし》めるため、今まで何度もずるい手を使ってきたミシェリアなら、平然とそれをやる。

だけど私はそれを許す気はない。

私の未来のためにも、スキルのことは黙っていてもらわなくてはならないのだ。

ミシェリアは私の顔を嫌そうに見上げ、さらに高い場所にあって、すぐにでも私達に襲いかかろうとしている蛇に視線を移す。

それから背後を振り返って、離れた場所にいるエレナ嬢の従者達を見た。

走って逃げることはできない。

すぐに魔獣が襲いかかる。

運よく避《よ》けられたとしても、エレナ嬢の従者達に殺される。

ミシェリアの選択肢は二つしかないのだ。

それを自分でもよくわかってるんだろう。私に縋《すが》りたくはない。でも生きたいのならすがるしかない。

葛藤の末に、ミシェリアは意外に早く決断した。

「あなたの言う通りにする」

「では、古い誓約を使って」

私の要望に、ミシェリアはぐっと何かを堪《こら》えるような表情をした。拒否されるかと思ったけれど、ミシェリアはすぐに私の前に膝をついた。

「申し上げるは、この世に満ちる神の息吹、その使いである精霊達。魔の者や闇の領域を統べる存在よ。私の声を聞け、そして記憶せよ。私は目の前にいる娘リネアの願う通り、その秘密を守り続ける」

その言葉とともに、ミシェリアは自分の口の端を噛んで血を滲《にじ》ませると、指先にその血を付け、地面に円と星と十字を描いた。

これはとても古い、貴族の間ではまだ残っている誓約の仕方だ。同じことをするのは、神殿の神

官ぐらいではないかしら。

まだ世界に魔法が普遍的にあった時代に行われていたもの。

魔法の名残は、まだこの大気に含まれていて、それが聖花になったりするのだと言われている。

だから誓約を破ると、不可思議なことが起きると言われていた。

その言い伝えを、貴族達はみんな信じている。ミシェリアも同じはず。何が起きるか怖くて、誰もやらないけれど。

生き延びた後で不運や病魔に苛《さいな》まれたくないのならば、彼女は約束を守るだろう。

……さて問題は、あの二人の従者だ。

「あの二人、どうやって口封じをしたらいいのかしら……」

困ってしまっていると、どこからともなく声が聞こえてきた。

「だーいじょーぶっ！」

能天気なその声を、私はとてもよく知っている。

「え？」

周囲を見回す。

誰もいないように見えるのに、一体どこから？

すると間もなく、真後ろに煙が上がる。

「ひえっ！」

驚いて数歩進んだせいで、ブロックスキルで作った壁も移動し、蛇が押されて迷惑そうな顔をしていた。どうせならそのままどこか行ってほしいけど、諦めずに見えない壁をかじろうとしている。

そして吹き上がった白い煙は、キン、と金属を打ち鳴らすような音がして止まる。

代わりにそこには、いつのまにかクヴァシルが立っていた。

「え、クヴァシル……？」

「そう僕だよ」

クヴァシルは片手を上げて指先でビシッと空を指した。

「一体どうして」

「君に目印をつけていたからね、リネア様。マルクからさらわれたという話を聞いて、すぐにこの近くまで飛んできたんだ」

「飛んで……」

多分魔法なんだと思う。

それを証明するように、クヴァシルは懐からガラスで作ったような花束を取り出した。

「まさかそれは」

「全部聖花だよ？　パトロンが使っていいって言うからね。今日は大盤振る舞いするよ！」

街中の物売りみたいな景気のいいことを言い、クヴァシルは中の一本を取り出して、宙にかざす。

「来たれ、太陽の使者。炎熱の精霊よ」

芝居がかった仕草でそう言うと、花を蛇に向ける。

とたんに、蛇が炎の柱に包まれた。

ごうごうと唸《うな》る炎の柱は螺旋《らせん》を描き、中にいる蛇は見る間に苦しみの形相に変わっていった。

……なんだか鶏肉《とりにく》が焼けるような匂いがするわ。その元が魔獣だと思うと、微妙な気持ちになるわね。

すぐに燃え尽きて、蛇の魔獣だったものは、黒い炭の山に変わり果てた。

「これが魔法……」

何かを攻撃する魔法を初めて見たけれど、とんでもない威力だ。戦争に使われたら、戦局を覆すというのもうなずける。

「やあ、たぶん生命の危機ではないと思ったけど、助けに来たよ、リネア様」

恐ろしい魔法を使った本人は、ものすごく軽い調子でそんなことを言う。

「来てくれて嬉しいけど、どうやってここがわかったの？　目印って？」

「髪に飾っているバラ。一つは聖花だよ」

「えっ!?」

そんな高価なものを、髪飾りにしていたっていうの？　それこそ古《いにしえ》の女王みたいな贅沢《ぜいたく》だわ！

驚いて髪に手をやると、クヴァシルが「もう無くなってるよ」とあっさり教えてくれる。

「さっき、僕が君を見つけて魔法で移動するのに使ってしまったから。一個魔法を使うとそれで消えちゃうから、ほんと聖花って効率が悪いよね」

お金と労力がかかって困っちゃうよと、クヴァシルは肩をすくめてみせる。

「ま、魔術士など！」

「待てディオル！」

エレナ嬢の茶色い髪の従者ディオルが、ナイフを手に素早くクヴァシルに肉薄した。

首を切り裂かれてしまうのではと、私は息を呑《の》んだが。

「よっと」

クヴァシルは最小限の動きでそれをかわし、ディオルの足を払ってその場に転ばせる。

「捕えよ」

短く言ってクヴァシルが聖花を投げると、小さな花はディオルの背中に落ちるなり、一瞬で枝葉を伸ばして縄のようになり、ディオルを捕えてしまう。

「なっ！」

「ディオル！　早く謝るんだ！　魔術士やスキル持ちにかなうわけがないだろう」

冷静な意見を飛ばしたのは、金の髪の従者だ。

「この者達は、エレナ様の敵だ。お前こそ早く、その令嬢を殺せレイルズ」

「スヴァルド公爵とでは、問題が露見するに決まっている。今のうちにこのご令嬢に逃げてもらい、表面を繕ったほうがいいだろうが！」

「おや、的確な意見だね」

クヴァシルが楽しそうな表情をした。

実際、この従者達がエレナ嬢を救いたいのなら、クヴァシルや私に恩を売って、彼女は何も知らなかったと細工をしたほうがずっとマシだ。

「魔獣を飼っていることが露見したら、牢獄《ろうごく》行き……」

ミシェリアの父が投獄されなかったのは、ひとえにレクサンドル王家が、国内に魔獣がいることを隠したかったからだ。

魔獣は禁忌の生物。

保有していれば、他国から何と言われるか。

好戦的な隣国リオグラード王国でさえ、自分達が使ったと分からないように工作して魔獣を利用したぐらい、堂々と公表するのを避けたい代物。

でもこんな王都の近くに生息していては、さすがに隠しきれない。

レクサンドル王家は他国から送り込まれたとでっち上げて、反逆者としてオーグレン公爵やその令嬢エレナを裁くでしょう。

そうなってはまず助からない。

「エレナ様は王子の婚約者になるのだ。これぐらいの不祥事なら……」

まさかもみ消せると思っている？

驚きのディオルの発言に噛み付いたのは、同じエレナ嬢の従者のレイルズだ。

「お前は、エレナお嬢様に都合のいいことばかり教えられているから、そんなバカなことを言うんだ。こんな事件を起こしては、王子と結婚なんてできるもんか！」

「そうだろうねー」

クヴァシルが耳をかきながら言葉を挟んだ。

「僕みたいな王家の人間が思いっきり目撃してるし、リネア様がここにいることは教えているから、じきにラースもやってくる。ラースは誘拐事件のせいで、リネア様の名前に傷がつくことを嫌がるだろうから、最少人数で来るだろうけど。代わりに、徹底的にオーグレン公爵家を潰すだろうね」

鼻先で笑われて、ディオルは睨《にら》みつけた。

「公爵家同士なのにそんなことができるわけが……」

「エルヴァスティ伯爵にできることが、ラースにできないとでも？　そもそもラースの方がお前の仕える家より尊重されるんだ。王家は反逆でも起こさない限り、ラースを尊重し続けるだろうね」

クヴァシルに言われて、苦渋に満ちた表情になる。

それでもレイルズやクヴァシルの話すことが正しいと思ったのか、ナイフを持つ手を下ろした。

「……で、どうする？って聞かなくてもよさそうだね」

クヴァシルがそう言いながら後ろを振り返る。

先ほど見たばかりの、エレナ嬢が乗っていたはずの馬車が、ものすごい勢いで戻ってきていた。

少し離れた場所に停め、中からエレナ嬢が飛び出してきた。

「なっ……」

目を見開き、わなわなと震え出す。

無理もないかしらと私は思う。

さぞかし私達が無残な姿になっただろうと思っていたら、自分の従者達はぼうぜんと立っているし、ミシェリアも無事。そして私はピンピンしているのだから。

おかしな炎が森から上がるのが見えたから、この速さで戻ってきたのだろうし、多少は想定外のことが起きているとは思っていただろうけど。きっと予想外すぎたのね。

私にそんなことを思われているとは知らないエレナ嬢は、鬼の形相になった。

「なぜ死んでないの……。どうして仲間がそこにいるのよ。そしてなぜ召使いの小娘と並んでいられるのよ。薬か何かで懐柔したのね!?」

「懐柔？　薬!?」

誤解ですから！

そう言いたかったけれど、自分の従者達も私を殺そうとしていないし、恨んでいるはずのミシェリアもどこか仲間顔。あげくに私の仲間と認識していたクヴァシルまでいるのだ。

今までの私の人望の無さを考えると、薬で操ったとか言われても……一歩ぐらいは譲歩してもいいかも。

私がそんなことを考えている間に、エレナ嬢はスカートのポケットから小さな袋を出した。

銀糸で細かな刺繍《ししゅう》がほどこされた袋を見て、茶髪の従者ディオルが叫んだ。

「まさか全部お使いになるんですか!?　魔獣除《よ》けの石では防ぎきれませんお嬢様！」

「おだまり！　お前達も裏切ったんでしょう!?　とにかくその女を殺さなくては！」

エレナ嬢は持っていた小さな袋を私の方に向かって投げつけた。

うまく私の足元に落ちた袋から、虹色の透明な石のようなものが三つ四つこぼれ落ちる。

空中の光を浴びた虹色の石から、ふわりと甘い香りが立ち上った。

何かの薬かと思って、私はその匂いを遮断してみたけれど。匂いが届いているはずの従者達には何の変化もない。

「うわっちゃー」

クヴァシルの嫌そうな声に彼の視線の先を追ってみれば、木々の上に顔を出した巨大な岩のような猿が三匹もいる。

エレナ嬢が投げた石は、魔獣を呼ぶための物だったようだ。

凍らせる魔獣とは、また別の魔獣らしいけれど。

「え、ええええ」

私は困惑するしかない。

たぶん私のスキルで防ぐことはできると思う。その範囲に入れておけば、ミシェリアもクヴァシルも怪我《けが》をすることはないでしょう。

でもその後はどうしましょうか。

クヴァシルが倒せたらいいのだけど。

そう思って横を見ると、クヴァシルが苦笑いして首を横に振った。

「ごめん、さっきと同じ魔法が使える聖花はあと一個しかないんだ」

一体は倒せても、二体残ってしまう。

それでは私が逃げ出した場合、その二体を連れて森を出ることになってしまう。どうしてこの森から出なかったのか、その原因はわからないけど、逃げる餌を追うためなら出てしまうでしょう。

何も知らない農民や、通りすがりの人が襲われてしまうのでは。

私はそのまま考え込んでしまった。

一応、雪や寒さ、炎も含めて私の周囲に近づけないようにしたけれど、その必要はあまりなかったみたい。猿は岩を投げてきたから。

ブロックスキルの壁に阻まれ、私から少し離れた場所で岩が砕け散る。

「ひゃっ」

破砕する音の大きさや振動に、さすがの私も驚いた。

「わーお」

クヴァシルが楽しそうにしている反面、ミシェリアが真っ青な顔で岩が砕けた場所を見上げていた。

早めになんとかしなくては……。

私のスキルでどうにかできるものかしら。起点を私にしか置けないものだから、あの猿達を閉じ込めてどうこうという方法も使えない。

悩んでいたその時だった。

突然、まだ離れた場所にいた猿の一体が、首を胴から切り離され、血飛沫《ちしぶき》を上げながら倒れていく。

木々の向こうにその姿が見えなくなってすぐに、重たい音と地響きが耳に届いた。

「え、誰？」

誰かがあの魔獣を倒したのだ。でもどうやってそんなことをしたのか。他に魔術士がいる？　いるのはいいけれど、それは私の味方かしら。

でも心配はなさそうだった。

「じゃあ僕も一体倒しておこ」

クヴァシルが聖花を握ったまま、私のブロックスキルの範囲から飛び出していく。

後を追うと、少し走ったところで立ち止まり、もう一度あの魔法を使った。

少し距離がある場所にいた魔獣が、炎の柱の中で消えていった。

残りの一体は、この状況に怒りを感じたのか、ガラガラとした声で吠《ほ》え、私の方に走って来る。

「え、ちょっと」

心配なので、もう一度、私に接触できないようにスキルを発動する。うっかり解けていたら嫌だもの。

けれどその心配はなかった。

「アシェル」

聞き慣れた声がその名を呼ぶ。

鹿毛《かげ》の馬に乗った、黒衣の騎士が森の中から飛び出してくる。

アシェル様だ。

彼が馬から飛び下りている間にも、魔獣はこちらに迫っていたけれど。

「天の槍《やり》よ」

クヴァシルの言葉とともに、魔獣の上に雷が落ちる。

頭が焼け焦げた魔獣の体を、アシェル様が足に羽が生えたかのように軽々と駆け上り、その首を刎《は》ねた。

倒れた魔獣は、もう動かない。

そして地面に降り立ったアシェル様が、顔をしかめた。

「馬車が通れないな」

「仕方ないでしょう。そこまで狙って倒す余裕はありませんでしたからね」

アシェル様が馬で駆けてきた方向から、栗毛《くりげ》の馬に騎乗したラース様が現れた。衣服はグランド侯爵家を訪問した時のままだ。

そして彼らが言うとおり、倒れた魔獣の足の向こうに、箱型の馬車が現れる。

中から出てきたのは、ラース様の館でいつも見かける、ラース様の私兵だ。生成色のマントに、緑のサーコートを着ているのですぐわかる。

「どう……どうして」

魔獣も倒され、私から少し離れた場所に立ち尽くしているエレナ嬢が、ラース様達の姿に顔を引きつらせる。

そんなエレナ嬢に、ラース様が説明した。

「あなたが僕を足止めするために使った、アルベルト。彼は隠し事ができない質ですね。リネア嬢について、散々悪口を言い続けている間は元気だったのですが、それが尽きてしまうと、結局はどんな話なのかしどろもどろになって、何かを隠しているのが丸わかりでしたよ」

アルベルトがあっさりと吐いたらしい。

「おかげで、そう時間を置かずに連れ去られたことが判明した」

たしかに。クヴァシルが駆けつけたのも、とても早かった。ラース様も館の私兵を連れてここへ来るまでの時間が短い。

正直私は、ラース様はここには間に合わないと思っていた。だから先にクヴァシルをよこしたのだとばかり考えていたもの。

「その後、彼には話してもらいましたよ。あなたが邪魔に思っているリネア嬢を殺そうとしていたこと。それにアルベルトが協力した理由も。よくもまあこんなところに、魔獣を隠していたものです」

ラース様はため息をついた。

「そんな……」

エレナ嬢はいやいやと首を横に振る。

「その女はみんなを騙しているのよ。ラース様、あなたも騙されているんだわ。可哀想《かわいそう》な自分を演じて、あなた達を破滅させようとしているのよ！」

エレナの言葉に、ラース様は首をかしげる。

「別に騙されてもいませんし、リネア嬢はむしろ雄々しいぐらいですけれどね」

私は苦笑いする。か弱いとは思ってもらえてはいないだろうけど、まさか雄々しく見えていたとは。

なんにせよ、言い訳が尽きたらしいエレナ嬢は、私を黙って睨みつける。

だから私は言った。

「あなたはアルベルトが欲しくて、私を恨んでいたんでしょう？　片思いをしていることは、ずっと知っていたわ」

「……アルベルトを、好きだった？」

反応したのは、よろよろと立ち上がったミシェリアだった。魔獣が倒されて、少し気持ちが落ち着いたのか、エレナ嬢の側から離れようと、私とクヴァシルの方へ歩いてくる。

「気付かなかった？　彼女はアルベルトに片思いしていたのよ」

あの恨みがましい視線。そしてアルベルトに向ける、何かを夢見るような眼差《まなざ》し。私への悪口の中でも、アルベルトのことはずいぶん褒めていた。

私以外にも、彼女がアルベルトを気にしていると知っている人は多いはず。

「そんなこと関係ないわ！　あなたさえいなければ！」

エレナ嬢が叫ぶ。でも私は、クヴァシルが側にいるので、傷つけられないと思ったんだろう。

「お前を先に殺してやる！」

煮えたぎった頭では、自分の行動を止めることすら考えつかなかったのかもしれない。

エレナ嬢はミシェリアに向かっていく。

スカートの隠しから取り出した、護身用らしい、飾りの華美なナイフをその手に握って。

ミシェリアは驚いたせいで、固まってしまう。

とっさのことで私は動けない。

クヴァシルは冷たい目でミシェリアを見ていた。本来、彼は関わりのない人ならばどうでもいいと思ってしまうのだろう。

ラース様とアシェル様は、走ろうとした。

けれど二人を追い越して、飛び出してきた人がいた。

「ミシェリア！」

ミシェリアとエレナ嬢との間に飛び込んでミシェリアを庇《かば》い、悲鳴を上げてその場に座り込んだのは、アルベルトだった。

「アルベルト！」

悲痛な叫び声はどちらのものだったか。

アルベルトは背中からナイフで刺され、その場に倒れる。

「う……ぐあっ……」

痛みのあまり蹲《うずくま》り、アルベルトはもがき苦しんでいた。

そうなるとわかっていただろうに。アルベルトはミシェリアを守ろうとしたのだ。

多少利己的で、時に彼女を自分のためにないがしろにすることがあっても、やっぱりアルベルトはミシェリアが好きなんだろう。

刺したエレナ嬢の方は、ナイフを持った手を震わせながら、そんなアルベルトを見つめることしかできない。

「あ、え、アルベルト様、なんで」

エレナ嬢はその行動が理解し難かったんだろう。戸惑って視線が揺れる。

きっとラース様達が、道案内のために連れてきていたんだろう。魔獣が怖かったのか、今まであの馬車の中に隠れていたに違いない。

でも魔獣はいなくなり、ミシェリアの声が聞こえて出て来たのでは。そして殺されそうになっているミシェリアを、とっさにかばった、ということではないかしら。

しかしアシェル様はものすごく怒っているのか、辛辣な言葉をエレナ嬢に向けた。

「お前が恋ゆえにした成果を、せっかくだから見せてやろうと連れて来たんだ。努力をしたのだから、称賛されたいだろう？」

「称賛じゃないわ！　私は、アルベルト様に私から離れられないのだとわかってほしくて！」

エレナ嬢が再び叫んだ。

「わかってほしかったから、この森にアルベルトの父が魔獣を隠したことを、わざわざ見せて従うようにしたんだろう。そうでなければ、臆病者のこの男では、ラースを足止めすることすらしなかったはずだからな」

皮肉っぽいアシェルの言葉に、エレナ嬢は目を見開いたまま震える。

「なんにせよ、気持ちは通じたのではないのか？　アルベルトの意志など必要ない、自分に逆らえばどんなに大事なものでも壊して脅すという気持ちは。そしてアルベルトは答えたんだろう。大事なものを壊されるくらいなら、自分が傷ついてもいいと」

手に握ったナイフが、まだ凍りついていた地面に落ちた。

エレナ嬢には、もう一度ナイフを拾って握る気力すらないようだ。

「拘束しろ」

アシェル様の指示に従い、ラース様の私兵達が行動した。

呆然とするエレナ嬢を縄で縛り上げ、従者二人もたちまちのうちに拘束し、彼らを乗ってきた馬車の方へ連れて行く。

アシェル様はそちらへ付いて行き、ラース様も同じように移動し、エレナ嬢に何事かを話したようだ。

一方刺されたアルベルトの方は、苦悶《くもん》の表情を浮かべてうめき続けていた。

「あの、魔術士様！　お願いです、アルベルトを助けてください！」

ミシェリアがクヴァシルに取りすがっている。

「うーん」

しかしクヴァシルの反応は鈍い。ミシェリアは頼む相手をすぐに私に変えた。

「お願い、なんでも言うことを聞くわ。靴を舐めろと言うならそうする！　だからお願い！　この魔術士様に頼んで！」

「リネア様にそれを願ってもだめなんだよね。僕は怪我なんて治せないから」

「え……」

ミシェリアの表情が絶望に染まる。

けれどクヴァシルは飄々《ひょうひょう》とした態度で続けた。

「どうせ願うなら、リネア様にラース様に頼み込んでくださいと願うべきだね」

「ラース様に？」

首をかしげた私だったが、ラース様がちょうどこちらへ近づいて来ていて、その声が聞こえたようだ。

「クヴァシル……頼む前に、必要な処置をしてもらいましょう」

「かしこまりました」

苦い表情のラース様にお辞儀したクヴァシルは、聖花を一つ使った。

離れた場所にいたエレナ嬢とその従者が、パタリとその場に倒れてしまう。ラース様の私兵は、動かなくなった三人を馬車に乗せた。

続いてミシェリアも同じようにその場にくずおれて眠り、うめいていたアルベルトも静かな寝息を立て始めた。

「その話がしたいなら、もっと早く処置をして欲しかったですねクヴァシル」

「流れ的には仕方ないでしょう？　それで、どうするんですか？」

クヴァシルに問われたラース様は、一度目を閉じてからまっすぐにクヴァシルを見返す。

「この答えになるよう誘導したのだから、クヴァシルには必要なだけ人の記憶を無償で消すと約束して欲しいのですがね。それが条件です」

それはどういうこと？

一方のクヴァシルはヒューと口笛を吹いた。

「本気？」

「彼女がそう願うのならば、ですよ。聖花は『幻惑の星』でしたか？」

ラース様の言葉にクヴァシルはうなずく。

「今は三本ぐらいでいいよ。調節が上手くいかなかったら、追加でお願い」

「そんなに沢山咲いていないんですから、あまり使いすぎないようにしてくださいよクヴァシル」

呆《あき》れたように言いながら、ラース様はアルベルトに近づく。

真っ青な顔で目を閉じ、眠っているというのに苦しそうに歯を食いしばっているアルベルトの横に膝をつくと、ゆっくりとその怪我に指先で触れた。

その指先と傷口に、蛍火のような光が灯《とも》る。

柔らかな光はじわじわと傷口全体を覆うように広がっていくと、ふいに消えた。

そして傷口がどこにも見当たらなくなる。

「これは」

スキルだと私は悟った。

魔法ならば聖花が必要になる。それにクヴァシルは魔法では怪我は治せないと言っていた。それを信じるなら、スキル以外ではこんな現象は起こせない。

そしてこんなスキルを持っているのは、ただ一人しかいないはず。

「聖王……様」

私が知っているのは、神殿の最高位にいるその人だけだ。

「……事情があるんだ」

ぽつりと言って黙り込んだラース様は、少し悲しそうで……私は何も言えなくなる。

そんな質問をしてしまった自分が嫌われるのではと思ってしまった。

私が困惑している間に、ラース様は立ち上がり、クヴァシルに指示する。

「今のうちにミシェリアという娘と、聞いていたかもしれないから、この男の直近の記憶を消してください」

「ご下命承りました」

クヴァシルは役者のように大仰な身振りで一礼してみせると、新たな聖花を懐から取り出した。

「記憶よ、時を戻せ」

ふっと息をかける。

すると、すみれ色の八重の花は砂粒のようになって解《ほど》けて、光に変じてミシェリアとアルベルトの上に降り注ぐ。

「はい完了。それじゃ、あっちの記憶をいじってくるよ」

困った私を置いて、クヴァシルはエレナ嬢達の方へ行ってしまう。

二人きりになってしまい、ますます私は慌てた。

どうしよう。そうだわ、『何も聞かなかったことにしますね！』と話をそらしましょう。

「ええと、エレナ様達の処遇はどうなるんでしょう？」

「今回の事件について、王宮から人を呼んで説明するにしても……。魔獣の死体を見せるため、ここに呼んだ方がいいでしょうね。オーグレン公爵やヘルクヴィスト伯爵がこのことに気づいて、証拠隠滅する可能性があります」

ラース様はいつものように、穏やかな口調で教えてくれる。

「そうですね、動かぬ証拠があれば、オーグレン公爵もヘルクヴィスト伯爵も言い逃れできませんものね」

うなずく私に、ラース様が言った。

「でもその前に、早々にオーグレン公爵令嬢の記憶だけは消さなくては」

このままでは、王宮から派遣される人間が尋問をした時、色々と面倒なことになる。

「私のスキルが、アルベルトとミシェリアだけではなく、エレナ嬢やその従者にまで目撃されてしまったからですね……」

王家が関わる事件になってしまったからこそ、なおさらスキルのことは隠したい。

隠していくという方針を変えない以上、事情を聞いた後で、記憶を消さなくてはならないのだ。

その上でラース様が描いた通りの結果を王家に報告し、エレナ嬢達にもそれにうなずいてもらわなければならない。

「ご迷惑をおかけしました……」

私はしおしおとラース様に頭を下げた。

とても面倒で時間のかかる作業をしなければならないのだ。特にアルベルトを傷つけた前後の記憶が欠けていたら、エレナ嬢はなかなか納得しないだろうに。

「僕が駆けつけるのが遅かったせいですから、気にしないでください」

「いえ、とっても早かったです」

私は首を横に振った。

ラース様は私の身に起こったことを、直接見ていなかったし、離れた場所にいたのだ。

それにマルクから知らされてすぐ、一人で駆けつけるならまだしも、私兵も連れて来た。人を動かすのはとても時間がかかるので、普通ならもっと遅くなってもおかしくない。

なのにあの早さだったのだから、十分すぎる。

「ただクヴァシルの魔法で記憶を消す場合、詳細な操作まではできないんです。さっきは、大雑把に記憶を消しただけなんですよ」

そういえば呪文のような言葉で、時を戻すと言っていた。

本当に直前まで、記憶を遡らせるものだったんだろう。

「それでもオーグレン公爵令嬢には、あの時だけ見られたのなら、必要なだけ記憶を消せているでしょうが……」

ラース様が何を懸念して言葉を濁したのか、私は察した。

自分の手でアルベルトを刺したところを、覚えていてくれたらいいのだけど、そこを忘れている可能性が高いのだ。

あれを覚えていれば、エレナ嬢はアルベルトに執着しなくなる。

はっきりと自分は選ばれなかったのだと認識できれば、プライドの高い彼女の方がその事実を認めたくなくて、もう興味はなくなったと言い出してもおかしくはない。

同時に、私への過剰な反感も抑えられるから、変にごねる可能性が減るのだ。

「どちらにせよ、オーグレン公爵家はかなり力を落とすはずですから、あまり発言力はなくなるでしょう。黙殺することは可能です」

ラース様の発言にゾッとした。

オーグレン公爵家は没落すると、ラース様は暗に言っているのだ。その場合、平民になったエレナ嬢の発言など、誰も耳を傾けない。

けれども、仕方のないことでもある。魔獣を操って人を殺そうとしたのだから。もちろんそれは、アルベルトのヘルクヴィスト伯爵家も同じだろう。

そうすると、ミシェリアとの仲はどうなるんだろうか？

私は、近くで倒れたままのミシェリアを見下ろしてしまう。

「何か気になることがありますか？　優しいあなたのことですから、自分を虐げていた人を助けたいなどと思っても、おかしくありませんからね」

いえ、私そこまで聖人君子のような人間ではありません。

「ただ……。この二人がどうするのかと思いまして。想像した以上に、本心から好き合っているみたいですし」

アルベルトを救うためなら、私にへりくだっても構わないと叫んだミシェリア。

ミシェリアを凶刃から庇ったアルベルト。

二人とも、ぎりぎりの所になればお互いのことだけを想《おも》って行動していたのだ。

そのことも含めてどうなるのだろう、と思ったのだが……。

私がラース様とそんな話をしているうちに、エレナ嬢の方の処置は終わったようだ。

クヴァシルが駆け足で戻って来た。

「あっちのお嬢さんの方は綺麗《きれい》に消えたよ！　従者の方はこの森に来た以降の記憶を全部消しておいた。魔獣って証拠があるから、従者の証言ごときは必要ないだろう？」

ラース様はうなずいた。

「じゃあ、今度はこっちの二人だね。ラース様とリネア様はちょっと離れてて。あと誰か、ここでちょっと手伝ってくれない？」

クヴァシルの言う通り、私とラース様は少し離れる。入れ替わるようにやって来たのは、ラース様の私兵が三人ほどだ。

クヴァシルがなんやかやとやり始めたので、私はちょっとだけエレナ嬢の様子を見に行った。

記憶を消されたエレナ嬢は、もう一度眠らされ、従者達と一緒に地面に転がされていた。一応、敷物は敷いている。

クヴァシルが確認もしたというので、たぶん記憶は大丈夫なのだろう。

そうしてラース様のところに戻って来てみると、少し離れた場所のクヴァシルが、頭をかかえていた。

「んもー！」

そして目を覚ましていたミシェリアと話し合い、何かの魔法をかけてから私達のところへやって来た。

「どういう状況ですか？」

ラース様に尋ねられたクヴァシルは、肩をすくめてみせる。

「女の子の方の記憶をいじるのが、とても大変で」

はー、とクヴァシルが、ため息をつく。

「なにせリネア様との間で立てた誓約の効果で打ち消されるんだ。仕方ないから、その誓約に魔法の効果を乗っけて、破ろうとしたら口が動かなくなるって術をかけたんだ。本人にも口外無用だと約束させたよ」

「ほぼずっと一緒にいたものね……」

側で死なれては寝覚めが悪いので、ミシェリアをスキルで守っていた。

だからずっと見ていたし、会話も聞いていた。

あれを消すのはほぼ不可能というか、エレナ嬢の従者達のように森で目覚める前まで記憶を戻さなければならない。

それをするにはもっと沢山の媒介になる聖花が必要で、深山幽谷に咲いた花を数ヶ月かけて探さなくてはならないそうだ。

もう、これで満足するべきだろう。

それに……ミシェリアは誰にも言わない、と信じられる気がした。私よりもプライドが高い彼女が、最も嫌いな私に対して跪《ひざまず》き、誓約までしたのだから。

何より、私へのわだかまりもだいぶ減ったのではないかしら？　スキルのことを知っていればこそ、私がアルベルトにこだわるわけがないということが理解できたはず。

そして今も、ちらりとこちらを振り返った視線に敵意は感じられなかった。むしろ何かを悟ったような表情だ。

「男の方は記憶をいじる必要がなかったな」

クヴァシルが続けて報告した。

では、あれは一体どういうことなのか。

クヴァシルが離れたとたん、アルベルトとミシェリアは話し合いはじめたかと思うと、なんだか言い合いになり出したような……。

「二人で、今ここにいる理由を教えあっているはずなんだけど……」

「どうしてここにいるんだ？　さらわれたと言っても、エレナ様がなぜ君を使う必要があったんだ？」

あまりに大きい声でアルベルトが言ったので、ここまで聞こえてきた。

私達は顔を合わせて、彼らに近づく。

しばらくうつむいたミシェリアは、ふっと私の方に気づくと、正直に話すことにしたようだ。

「……どうしても、憎かった」

そうして睨んだ先にいるのは、アルベルトだ。

「リネアがあなたと婚約したいばかりに、自分の父親に私の家を没落させたんだと思っていたのよ。だから、エレナ様にリネアを殺してあげると誘いかけられて、うなずいたの」

アルベルトが苦虫を噛み潰したような表情になる。

すると横から、ラース様が教えてくれた。

「アルベルトも同じように、君を始末してあげるとエレナ嬢に持ちかけられて、僕を足止めする協力をしたらしいんです。巧妙ですよね、手を汚す役は自分がするから、少しだけ手を貸してくれればいい、と二人を騙したみたいですよ」

「悪知恵だけはすごいわ……」

自分を殺す計画の話だったせいか、どんな反応していいのかわからない。無事にその計画が潰れてよかった。

「エルヴァスティ伯爵自身に手が届かないから、リネアを苦しめたかった。そんな必要、なかったのに……」

そこまで告白して、ミシェリアは目に涙を浮かべてその場に座り込みそうになる。

私は、ミシェリアが私との話を理解してくれてることを感じて、少しほっとした。そう、私はアルベルトを好きではないのだから、私を敵視する必要すらなかったのだ。

そんな彼女を、アルベルトが抱きしめた。

アルベルトはまだ何もわかっていないのか、とんでもないことを言い出す。

「全部リネアが悪いんだ。俺に横恋慕したから。そのせいで君が悩むようなことになっただけ……」

君のせいじゃないと慰めているつもりなんだろうが、ちょっと聞き捨てならない。

カチンときた私は、思わず二人に近づいて言った。

「言っておきますけど。私があなたとの婚約を望んだことなんて一度だってないわ、アルベルト・ヘルクヴィスト」

「リ、リネア!?」

私がしっかりと聞いていて、しかも側にいるとは思わなかったんだろう。アルベルトの斜め後ろから近づく形になったから、それは仕方ないけど。

「あなたにずっと、妙な思い込みをされると困るから、言うわね？」

前置きして、私はアルベルトを指さして言った。

「私、あなたのことが大嫌いです。アルベルト様」

「……は？」

そんなことは露ほども想像しなかったのか、アルベルトは理解できないというように首を傾《かし》げた。

「そもそも婚約の話を持ち出したのも、あなたの父親が先。私の実父は、私の婚約のことなんて全く考えてもいなかった。むしろいつもは私の存在なんて忘れているような人よ」

「そ、そんな。たしかに父が……」

「父親に言われたら、それを全部正しいと思ってしまうなんて単純ね。状況を考えたら想像がつくのではないの？　私が、礼儀以上の言葉をあなたに向けたことがあって？」

もし片思いをしているなら、そんな行動には出ないはずだ。

アルベルトもさすがに心当たりがあったようで、視線を逸《そ》らした。

ああ……どうせなら、このままミシェリアとアルベルトが早くまとまって、私とは関係のない世界へ行って欲しい。そう思ったら次の言葉が口をついて出てきた。

「だからミシェリアとの仲をわざわざ見せたって、迷惑でしかなかったわ。そもそも、そんなに彼女がお好きなら、大嫌いな私のことなんて気にせずに共に手を取り合って駆け落ちでもなされればよろしいのに」

ああ、そうだったわ、と私は悪役のように鼻で笑う。

「でも彼女一人も養えないような、そんな人だったのでしょうね、あなたは。嫌いな私との婚約を、何年もの間父親の言う通りに続けることしかできないし……。そもそも、父親に怒られるのが怖いだけの臆病者なのでしょう？」

臆病者と言われ、アルベルトは眉を吊《つ》り上げた。が、私の隣にいるラース様を見たとたんにうつむく。

私は今のうちに、言いたいことを言っておくことにした。

「こんなことでもなければ、ずっと我慢をしているふりをしながら私と結婚した後に、ミシェリアに言うのでしょう？　『家のためなんだ、すまない。君を犠牲にして、俺は家を救うようなひどい男なんだ。でも君を手放したくない』そうして、妾《めかけ》として囲うわけね？」

アルベルトはじっと黙って聞いている。

反論すらしないので、ミシェリアは私が少し前に言ったことを思い出してか、少し諦めたような表情でアルベルトを見ていた。

「庶民の間では、囲われ者は爪はじきにされるらしいわね？　自分達と同じ身分なのに、衣食住からなにから優遇される……と。アルベルト様、あなたは良くても、彼女は一生針の筵《むしろ》なのよ。愛していると言いながら、そうしてほしいと頼むなんて……。本当に愛しているのかしらね？　都合のいい女とでも思っているのでは？」

ミシェリアは唇を噛んだ。

私がついさっき話したことを、肯定するようなアルベルトの言動に、ショックを受けているのかもしれない。

アルベルトは、いつまでも自分を日陰の身にするつもりだった。それを改めて突きつけられたから。

でも数秒たってから、アルベルトはうめくように言った。

「たしかに、家が大事だった。当然じゃないか、貴族はみんなそうあるように育てられる。俺だけが悪いわけじゃない。でも……」

ようやくアルベルトが顔を上げた。

その視線の先にいるのは、じっと彼の言葉に耳を傾けているミシェリアだ。

「ずっと親に従い、家のためになることをしろと言われ、信じ続けていたことから今なら脱せられるんだと思う。たぶん俺の父親は、王家から爵位を奪われるだろう。魔獣を飼っていたんだから。……君と同じだミシェリア。俺は平民になるんだし、もう家のことは気にしなくていい。結婚しよう」

「アルベルト……」

耳にしたことが信じられず、ミシェリアが目を丸くしている。

ミシェリアの方も、頬が赤らんでいるところからして、たとえアルベルトが貴族ではなくなってもいいのだろう。

私はそんな二人から離れることにした。

「これでようやく、変な恨み言から解放されるわ……」

むしろ、アルベルトならまだぐずぐずとするかと思っていたので、自分の状況を把握して求婚する気概があるとは思わなかった。私は、心の中でアルベルトに拍手を贈った。

さんざん悪《あ》し様《ざま》に言われてきたし、声に出して褒める気にはなれないけれど、ミシェリアへの気持ちが真実の愛だというのは信じてあげてもいいわ。

それに一生私の前に現れないのなら、恨みも流せる。

少し離れた場所でふっと息を吐いていると、後からやってきたラース様が教えてくれる。

「ある程度監視は必要でしょうから、伯爵家が取り潰しになった後は、家《うち》の領地であの二人を引き取ることを提案しておきましたよ」

「すみません、沢山ご配慮していただきまして……」

うっかり私のスキルを見られてしまったがために、ラース様には負担をかけてしまっている。

「それは気にしなくていいですよ。二人も、貴族社会から離れて落ち着いて穏やかな生活を始めたら、君が色々と我慢して、気を配ってくれたことも気づくかもしれないですし」

「気づかなくても……いいのですけれど」

とにかく忘れてほしい。

魔獣との戦いなんてとんでもないものが一緒に記憶されているので、無理かもしれないけど。

「疲れたでしょう。先に館へ戻っていてください。それにあなたがいると、王宮から派遣された者が来た時に、説明に困りますからね。……クヴァシル！」

ラース様はクヴァシルを呼び、私と共に帰るように指示していた。

そして私は、とんでもないごたごたが起こった森を、ようやく後にしたのだった。

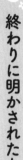

五章　終わりに明かされたものは

その日、ラース様は夜遅くまで帰って来なかった。

私を送り届けたクヴァシルも、すぐにラース様の下《もと》へ行き、夜中近くになってアシェル様やラース様と一緒に帰ってきたようだ。

あまりに遅い時間だったので、心配で帰宅を待っていた私だけど、声をかけることは控えた。疲れ切っているのだから、早く休んでもらいたいと思って。

その次の日は、私もラース様達《たち》も学院を休んだ。

とはいえ私は休息。一応誘拐されて、やたらとスキルを使ったのだから、大事を取った方がいいと言われたのだ。ラース様に。

「何が起きるかわからないからね。以前も、急に寝込んだことがあっただろう？」

「今度はないと思うのですが……」

あの時とは、私の気持ちも違う。生活の上での問題がいくつも解決されて、むしろほっとしているぐらいだ。

「それでも、心配なんですよ」

ラース様は私の肩に手を伸ばす。そっと指先で、肩にかかった髪を背に払うと、アシェル様やクヴァシルと三人で、王宮へ後処理のために向かったのだった。

それから一週間、三人はずっと忙しくて、私はなかなか話せずにいたけれど、それも仕方ないと思う。

なにせ公爵家と伯爵家を一つずつ、取り潰しにするかどうかの話し合いをするのだ。魔獣を飼っていたことを伏せるのか伏せないのか。伏せるならどういう理由を作るのか。話し合うことは沢山ある。

私は元の通りに学院へ通った。

学院では、思った以上に穏やかに過ごせた。

既に事情の概要くらいは聞いていたブレンダ嬢は、いつも通りに接してくれた。

「オーグレン公爵家とヘルクヴィスト伯爵家に問題が発覚したとだけ聞いております。一応、その家とつながりのあった方に注意を、と伝えられておりますが……」

ブレンダ嬢が周囲を見回した。

いつもオーグレン公爵令嬢と一緒にいた人々は、困惑した表情で固まっている。会話をしているわけではない。

「まだ詳細については漏れてはいないようですね。ラース様達が関わっていることは」

「ええ。でも……私のせいにはしないんですね」

時折漏れ聞こえて来るのは、エレナ嬢のことにも触れないあたりさわりのない会話だけ。

エレナ嬢だったら、間違いなく雨が降っても自分がつまずいても、全部私のせいにしてにらみつけてきていたし、周囲も私を責める視線を向けて来ていたことを思うと、なんだか不思議だ。

「リネア様に感じていた恐れというのは、得体のしれない恐ろしい噂《うわさ》と、周囲からの評価のせいですから……」

「噂と、評価、ですか」

「得体のしれない恐ろしい噂については、他家の養女になられた時点で、かなり軽減されたと思います。そもそも、リネア様の御実家の噂でしたし。今は関係がありません。そして周囲からの評価は、オーグレン公爵令嬢や王族に睨《にら》まれたくない、というものが主だったのでしょう」

そこでブレンダ嬢は苦笑いする。

「私も、リネア様に近づくことで、王族でもあるラース様や他の方々からの評価を下げられることを恐れていたのですわ」

「それは仕方ありません。評価が下がれば、お家やご結婚にも差しさわりが出るでしょうから」

黒い噂のある家の娘とつきあってる令嬢なんて、嫁にしたくはないと言う人は多いだろう。

「リネア様がお優しい方で、本当に良かった。オーグレン公爵令嬢だったら、私とお友達になっていただけなかったでしょう」

私は笑うしかない。

エレナ嬢だったら、表面的には友好的にするかもしれないけれど、後で何をするかわからない。

なにせ私を魔獣に殺させようとした人だから。

その日の帰り、ふといつもエレナ嬢と一緒にいた一人が、ブレンダ嬢達と一緒にいた私に声をかけてきた。

「あの……っ」

並々ならぬ決意を込めた声音に振り向けば、吹き抜けの回廊から見える庭の、バラのアーチの陰に隠れていた。

くるくると巻いた黒髪を、上半分だけ結い上げた彼女は、いつも花をかたどった銀色の髪飾りをしている。宝石もない髪飾りは簡素だからこそいいと思うけれど、時々エレナ嬢にみすぼらしいと言われていたのを知っていた。

いつも彼女は「エレナ様の引き立て役になれれば、本望でございます」とはぐらかしていた。

そんな彼女がどうして声をかけてきたのか。

エレナ嬢について、何か抗議をするのかと身構えかけたけど、私は別な物に気を取られる。

「あの、蜂……」

「ひゃっ」

彼女の周りを、蜂が一匹飛んでいた。

身をすくめてしゃがみながらも、彼女はそこから逃げることはない。

「こ、この姿勢で失礼しますわ、リネア様。どうしても他の方に見つかるわけにはいかないので」

誰にも……たぶん、いつも一緒にいるエレナ嬢の取り巻き達に見つかりたくないのだ、と気づいた私はハッとする。たぶん彼女の用事は、エレナ嬢に関しての抗議ではないのだと。

だから心の中で、彼女の側《そば》近くまで蜂が寄って来られないようにと、スキルを使う。

なぜか蜂が遠ざかったことで、彼女はほっとしたように続きを話した。

「あの。エレナ・オーグレン公爵令嬢の今後について……できれば、その家に仕えていた者についてご存じではないかと思いまして」

「仕えていた者……ですか」

エレナ嬢の家の使用人のことを気にするのは、なぜなのか。そう思った時に、隣のブレンダ嬢が耳打ちしてくれた。

「おそらく彼女の従者が、エレナ様に取られてしまったのではないでしょうか」

「あ……」

気に入った従者を取り上げるとは聞いていた。たぶん目の前の黒髪の令嬢は、エレナ嬢に従者を渡すしかなかった人なのだ。

「私はまだ状況をよく知らないのです。お家の存続が難しいかもしれない、ということだけは想像がつくのですが……」

私は魔獣にも遭わず、何も知らないというふりをしなければならないのもあって、そう答えた。

黒髪の令嬢は涙ぐんだ。

「我が家に仕えていたレイルズという者が、エレナ様の家にいるのです。その者から、い、遺書が……」

「遺書？」

「何があっても、自分とは関係ないと言ってほしいと。もう他家に勤め替えした者だからと。ただ妹のことだけはよろしく頼みたい、と」

ぽたりと、彼女の頬を伝った涙が、広がった青のドレスの裾に落ちる。

「レイルズは、エレナ様に逆らおうとした私を押しとどめて、自分から望んだ振りをして、エレナ様の従者になった者なのです。我が家の恩人なのですが、何かとてつもないことに関係させられたらしくて。きっと処刑されてしまうのではないかと、そう思うと居ても立ってもいられなかったのです」

話を聞いて、私はふっと思い出した。

魔獣のいた森で、二人のうちの片方の従者がレイルズという名前だったはず。私を殺そうとする従者を止めていた。

「金の髪で、容姿がいいから差し出せと言われて……」

容姿からして、ほぼ確実だ。そうか、嫌々ながら従っていた人だったのだ彼は。

そして私を助けようとしてくれたのも、間違いない。

「ラース様に伺ってみましょう」

私の言葉に、黒髪の令嬢はパッと顔を上げた。

「どこまで何ができるかはわかりませんが、伝えておきます」

「ありが……ありがとうございます……」

彼女は涙にぬれた顔を手で覆って、その場に平伏してしまった。その姿に、私にアルベルトの命乞いをしたミシェリアを思い出す。レイルズという従者は、それほどまでに彼女にとって大事な人だったのかもしれない。

「ちょっ、こんなところを誰かに見られたら、もっと大変ですよ！」

ブレンダ嬢が慌てて立ち上がるように促し、彼女は何度も頭を下げながら去って行った。

私は翌朝、朝だけは顔を合わせられるラース様に、レイルズのことを話した。自分を助けようとした恩人だからと、温情をお願いしたいと。


そうして一週間を過ごした後の、学院がお休みの日。

ラース様達の方も無事に処理を終えた。

私は珍しく同席したアシェル様やクヴァシルを含めて、四人で夕食をとった。

今日は、いつも以上にお肉が多めの食事だった。男性は肉類が好きだと聞いているので、ラース様達のためにスヴァルド公爵家の料理人が腕を振るったのだろう。

私の分を少なめにしてくれる細やかな配慮も嬉《うれ》しい。

なめらかな舌触りのコーンスープにサラダと主菜を食べる。お茶を飲み始める頃になると、クヴァシルとアシェル様は用事があると言って退室してしまう。

するとラース様は、王宮での決定について教えてくれた。

「魔獣のことは、伏せるのですね」

ラース様がうなずく。

「他国に対して、我が国の弱みを見せることになりますから。その分、家を潰す理由に難航しましてね」

「どう……なったのでしょうか」

「オーグレン公爵は領地の税を正しく納めなかったことと、病気により執務がとれなくなったと理由をつけて爵位を取り上げました。税収についても本当のことですし、陛下の下問の際に失礼な態度を取ったこともあり、理由が増えてこの結論に落ち着きました」

オーグレン公爵は、自ら取り潰しの要因を増やしたようだ。

「エレナ嬢は……」

「彼女ももちろん、公爵令嬢ではなくなりました。今後は公爵ともども、放逐するのも危険なので牢獄《ろうごく》暮らしをしていただきます」

ラース様は、「それから」と付け加えた。

「あなたを助けようとした例の従者は、綺麗《きれい》に記憶を消すこともできましたし、公爵家を解雇。そのまま元の勤め先だった家へ送り届けました。その後、あなたに陳情した令嬢の家で暮らすかどうかは、本人が決めるでしょう」

「良かった……」

気になっていたので、安心する。

「そしてヘルクヴィスト伯爵家も、同じように取り潰しされました。こちらはヘルクヴィスト伯爵が正当な後継者ではなかったという理由を、神殿の記述を変えて作りまして。彼の伯爵位をはく奪。彼の下で魔獣に関わっていた者も収監。アルベルトは分家の人間という扱いになりましたが……今までの自分を知っている人間の中で、伯爵子息ではなくなった者として見られ続けるのも辛《つら》いと思ったみたいです。例の娘と一緒に、僕の領地の町に移住が決定し、すでに移動しているはずです」

私は顛末《てんまつ》を聞いてほっとする。

これでもう、学院でひどい目にあうこともない。

自分を捕えた枷《かせ》みたいに感じていた婚約の一件も、完全に消えてくれたのだ。

肩の力を抜く私の前で、ラース様はお茶のカップを置いて、ぽつりとつぶやくように言った。

「……僕のことは、あれ以上聞かないんですね」

ふっと告げられた言葉に、私はどうしていいのかわからなくなる。

考えて、正直に伝えた。

「ラース様がずっと隠していらしたことなので、聞いていいものかどうかわからなかったんです。私も少し前までは、自分のスキルのことを誰にも明かさず、ひた隠しにしてきました。だからこそラース様も、今まで私にも隠してきた理由があったのだ、と思ったので」

そこでちょっと笑って付け加えた。

「気にはなっております。けれど」

でも言いたくないことならば、私は聞かない。

それでもラース様は、必要とあればその力を使って私を助けてくれると知っているから。

私の記憶を消さずにいるのだから、むしろラース様は治癒のスキルを持っていることを知らせておいてもいい、と思っている……と解釈していた。

私の話を聞いたラース様は、驚いたように目を見開いてから微笑《ほほえ》む。

「やはり今、説明しましょう」

そう言ったラース様は、立ち上がると私に手を差し出し、館の居室の一つへと案内してくれる。

白大理石のマントルピースの前に、置かれたソファー。

今は暖かな時期なので、暖炉に火は入っていない。

そんなソファーに、二人で並んで座る。

お互いに顔を見合わせるわけではない、この位置関係にほっとする。

差し向いで秘密を聞くのは、どんな顔をしていいかわからない時に、とても困ってしまうから。

私はマントルピースの上に飾られた銀の燭台《しょくだい》に灯《とも》された、蠟燭《ろうそく》の灯《あか》りを見つめる。

横目でちらりと確認すると、ラース様も蠟燭の灯りを見ていた。

そしてゆっくりと口を開く。

「あの時は、驚いたでしょう。世の中に二人といないスキルを持っている人間が、目の前にいたのですから。沢山、疑問が思い浮かんだと思います」

「はい……」

ラース様の言う通り、私はいろんな疑問で頭の中がいっぱいになった。

ラース様が聖王だとしたら、どうして公爵家当主として生活しているのか?

神殿とつながりはあっても、聖王として活動している節はない。そんなことがありえるのか、とか。

「簡単に言うと、治癒のスキルを持つ人間は、二人いるんです」

「二人……」

「一人は僕、もう一人は弟です」

ラース様には弟がいると聞いていた。過去形で語られていたのと、家族がいるという話をどこからも聞かなかったから、もう亡くなった人なのかと思っていた。

その辺りも、ラース様が言うまではと聞かないようにしていたのだけど。

「不思議でしょう? 弟がいた話はしたのに、家にはその肖像画すらないんです。両親の肖像画もありません。それは全て、弟の身を守るためでした。その始まりは、僕が幼少期のうちに治癒のスキルを持っているとわかり、聖王として神殿に迎えられたその時になります……」

そのまま簡単に説明してくれた。

ラース様は、ほんの一桁の年齢の頃から、王都から離れた場所にある大神殿で暮らすことになった。

その際、ラース様のことをスヴァルド公爵家では『病気になって領地にいる』と周囲に説明したらしい。

なぜなら聖王が誰であるのかわかってしまうと、病気を治して欲しくて家族を脅したりするような人間がいるからだ。

それほどに、治癒のスキルというのは珍しい。

王家は把握していたけれど、知っているのは国王と腹心の部下だけ。大神殿へ移り住む時も、念入りにさも領地へ旅立つようなふりをした上で、途中の野宿をする場所に大神殿の人間が迎えに来て、夜中のうちに連れて行くというような徹底ぶりだった。

全ては聖王が、滞りなく活動することができるようにするため。

顔を見知った人がうっかり現れても困るので、肖像画も全て燃やした。

――それでも感づいた人間がいたのだ。

まだ幼いラース様が、全く親と会わないのも可哀想《かわいそう》だからと、前スヴァルド公爵夫妻は領地の別荘で、年に一度だけラース様と会っていた。

もちろん弟も一緒だ。

特に十三歳のその頃、ラース様は治癒のスキルが弱まっていることを感じ、不安を抱えていたため、大神殿の人間も心の安定のために家族との交流をさせていた。

そんな別荘に、押し入った者がいた。

治癒のスキルで病気を治して欲しいと言い、ラース様に剣を突きつけて要求したのだ。

スヴァルド公爵夫妻はラース様を守ろうとした。

そのため二人は、押し入った賊に剣で切りつけられてしまう。

ラース様は、せめて弟だけでも守りたいと思った。

病気を治すと嘘《うそ》をついて、まずはこの別荘から離れよう。そう思った時、弟は捕まり――。

「その時ようやく、護衛の神殿騎士達が駆けつけたんです。賊は殺され、弟は両親に取りすがりました。そして僕に言いました。『お兄様は怪我《けが》を治せるんでしょう？　早く治して！』と。でも僕にはできなかったんです。一日一度だけ。それがその時の僕に使える治癒のスキルの条件でしたから」

不幸なことに、ラース様はその日、遊んでいて怪我をした弟にスキルを使ってしまっていた。

自分のせいだと気付いて嘆き悲しんだ弟は、両親にすがりついた。

その時だった。

「弟が、治癒のスキルを使ったんです。父は治癒をするのが遅すぎて助かりませんでしたが、母はなんとか一命を取り留めました。そして弟は、何度もスキルを使えたのです。最初に僕が、治癒のスキルを使えた頃のように」

この事件の後、守りきれなかったことを謝罪する大神殿に、ラース様は要求した。

一つは、自分よりも治癒のスキルの力が強い弟を聖王にすること。

二つ目は、母の生死を隠し、弟と共に大神殿で暮らせるようにすること。

「結果、僕は公爵家を継ぎました。家族を失ったかわいそうな公子として」

「それは弟君とお母様を守るためだったのですね」

聖王になれば、弟は大神殿の奥深くで守ってもらえる。付き添う母親も同じだ。

「そしてラース様は、二人を守るために孤独な道を選ばれた」

ラース様の時のような危険を冒さないため、ラース様は家族を失ったことにしたのだ。そうして弟と会わなければ、死んだという話を誰もが信じるだろう。

一方で弟は母親が側にいられるようにした。また幼いうちに、賊に襲撃された恐怖を味わい、父親を救えず、失ってしまった悲しみも背負ってしまった。

それらを緩和させるためには、母だけでもずっと側にいられるようにするべきだ、と判断したのでしょう。

これ以上ない方法だと私も思う。

「だからリネア、君に言う勇気が出なかったんです。僕は、そんなスキルを持っていて聖王だなんて祭り上げられたこともあったのに、両親すら救えなかったのですから」

ラース様は自分を卑下するけれど、私は首を横に振った。

「そんなことありません。家族の命がかかっていて、その家族を愛しているのなら言えなくても当然です」

不運なことに、私は唯一の家族である父親にそういった愛情を感じたことがない。だから想像だけでしかないけれど。

もしラース様やアシェル様、カティの命を守るために口をつぐむ必要があったら、私はそうするだろう。

「……君にそう言ってもらえて嬉しいです。話して良かった」

ラース様は、少し落ち込んだ様子だったけれども微笑んでくれた。

「あの、誰にも話しませんから、それも安心してください！　それに私がいる限り、近くにいる人は守ってみせます！　今回のことで、スキルがあれば、魔獣相手でも安全確保は完璧だとわかりましたので」

極端なことを言えば、私さえ眠ったりしなければ、誰も傷つけられる心配はない。

「そんな危険なことに、遭遇させたくはないのですが……」

「いいえ。ぜひ恩返しをしたいのです」

私がそう言うと、ラース様がふいに私の頭に手を触れた。

「恩なんて考えなくていいんですよ。あなたが側に居てくれるだけで、十分です」

そのまま子供にするように撫《な》でられて、私は落ち着くような、気恥ずかしいような気分になる。

ラース様の手はそのまま髪をなぞるように降り、横髪の一房を指先に絡めた。

「それに、あなたのおかげで聖花の研究も進んでいます。きっとずっと僕は聖花のことを研究し続けるでしょうから、あなたはそれに付き合い続けてくれたらいいと思っていますよ。もしどうしても恩返しをしたいと思ってくださるのなら、そうしてください」

そんな風に言ったラース様が、私の横髪を指先で持ち上げ、口づけする。

「………………！」

「よろしいですね？」

念押しされて、びっくりしていた私はただただうなずくことしかできなかった。

ラース様は笑って立ち上がる。

「ではまた、明日からに備えて、お休みになってくださいリネア嬢。レーディン伯爵令嬢がきちんと学院を卒業できないと、伯爵に僕が怒られてしまいますからね」

「はい」

私はうなずき、また変わっていくだろう生活に想《おも》いをはせた。

今度は自分を気遣ってくれる人達がいて、誰かに睨まれたりすることがない状態で生きていける

のだ。

もうそれだけで、明るい未来がやってきたと感じられる。

「ではおやすみなさい」

私はラース様に挨拶し、自室へと戻った。

部屋は綺麗に整えられて、入室するとカティが現れて眠る準備をしてくれる。

カティに下がってもらった後、私はすぐにも眠ろうかと思ったが、ティーテーブルの上に置いてある小さな箱に気づいた。

開けると、そこにおいてあったのは、アクアマリンのように美しく透き通った、ガラス細工のような花。

聖花菓子だ。

まるでカーネーションのように、ひらひらと優美な形をしている。

「何より、こんなに明るい気持ちで聖花菓子が食べられるなんて、本当に嬉しい」

私は、花弁の部分を一つ折り取って、口に入れる。

すぅっと溶けていく甘さを感じながら、私は幸せな気分を味わうのだった。

あとがき

この度は「悪役令嬢（予定）らしいけど、私はお菓子が食べたい～ブロックスキルで穏やかな人生目指します～」２巻目をご購入いただきありがとうございます！

こちらの作品は、悪役になりそうな女の子が、お菓子の話をきっかけに仲間が増え、毒親から解放されて優しい家族も手に入れてしまう話です。

リネアが主人公のこのお話は、最初は嫌われてるし、いじめられているし、家でも家族は冷たいしの三重苦から、脱していくお話になります。

リネアはなんだか冷静な人に見えると思いますが、基本的にはいじめられすぎてやや感情が鈍くなっているのが主人公リネアです（作者的見解）。

欲を持つことすら、自分の生活を苦しくする理由になるからと、自分の中でなかったことにして暮らしていたリネアだったから、嫌われている相手との結婚でも唯々諾々と受け入れるしかなかったのでした。だから我慢していたんですね。

彼女が変わったのは、お菓子のおいしさというよりは、戦える力を手に入れたからだ……と思って書いてきました。

だからスキルを手に入れたとたん、婚約者を拒絶して、家を脱出する計画も練り、一度もしたことがないのに一人で町を駆け抜けることすらできるようになったのでした。

そして今回は、以前までは自分が不利になるので黙っていた相手と、いよいよ対峙《たいじ》することになります。

恋愛についても動きがありつつ、登場人物達《たち》の真実が一部明かされたりと、色々な変化がありました。楽しんでいただけると嬉《うれ》しいです。

さて、様々な作業にご尽力いただき、担当編集様には大変お世話になりました。ありがとうございます。またしてもギリギリなスケジュールで申し訳なかったです。ご迷惑をおかけいたしました。感謝申し上げます。

また、イラストを担当してくださった紫真依様。クヴァシルもキャラデザは一発で「絶対これ！」という感じで素敵に描いていただきました！　表紙もカラー絵も、今回もとても素敵です！

さらにこの本を出版するにあたりご尽力頂きました編集部様や校正様、印刷所の方々、そして何よりも、この本を選んで下さった皆様に感謝申し上げます。

最後にご報告ですが、コミカライズされることになりました！　私にとって古巣ともいうべき一迅社様で、この本が発売される頃に連載開始です！　すでにそちらで一作コミカライズしていただいているのでお話を頂いた時に本当にびっくりしました！　ｃｈａｎｙ様に素敵な漫画に仕上げて頂いておりますので、ぜひ読んでいただけたら嬉しいです！

佐《さ》槻《つき》奏多《かなた》

作品のご感想、
ファンレターを
お待ちしています

あて先

〒141-0031　東京都品川区西五反田 7-9-5 SGテラス5階
オーバーラップ編集部
「佐槻奏多」先生係／「紫 真依」先生係

スマホ、PCからWEBアンケートにご協力ください

アンケートにご協力いただいた方には、下記スペシャルコンテンツをプレゼントします。
★本書イラストの「無料壁紙」　★毎月10名様に抽選で「図書カード（1000円分）」

公式HPもしくは左記の二次元バーコードまたはURLよりアクセスしてください。
▶ **https://over-lap.co.jp/865548303**
※スマートフォンとPCからのアクセスにのみ対応しております。
※サイトへのアクセスや登録時に発生する通信費等はご負担ください。

オーバーラップノベルスｆ公式HP ▶ **https://over-lap.co.jp/lnv/**

悪役令嬢(予定)らしいけど、私はお菓子が食べたい 2
~ブロックスキルで穏やかな人生目指します~

発行　2021年1月25日　初版第一刷発行
著者　佐槻奏多
イラスト　紫 真依
発行者　永田勝治
発行所　株式会社オーバーラップ
〒141-0031
東京都品川区西五反田7-9-5
校正・DTP　株式会社鷗来堂
印刷・製本　大日本印刷株式会社

ISBN　978-4-86554-830-3 C0093

【オーバーラップ　カスタマーサポート】
電話　03-6219-0850
受付時間　10時~18時(土日祝日をのぞく)

第8回 オーバーラップ文庫大賞
原稿募集中！
イラスト：ミユキルリア
思いをコトバに。夢をカタチに。
【賞金】
大賞…300万円
（3巻刊行確約＋コミカライズ確約）
金賞……100万円
（3巻刊行確約）
銀賞………30万円
（2巻刊行確約）
佳作………10万円
【締め切り】
第1ターン 2020年8月末日
第2ターン 2021年2月末日
各ターンの締め切り後4ヶ月以内に佳作を発表。通期で佳作に選出された作品の中から、「大賞」、「金賞」、「銀賞」を選出します。
投稿はオンラインで！ 結果も評価シートもサイトをチェック！
https://over-lap.co.jp/bunko/award/
〈オーバーラップ文庫大賞オンライン〉
※最新情報および応募詳細については上記サイトをご覧ください。
※紙での応募受付は行っておりません。